U0140141

我們仍未
從那天離開
Misa 著
We still haven't left that day

楔子

這是一個非常老套的故事，老套到羅允芝從沒想過會發生在自己的身上。

不過就是在身心俱疲的日常之中，回首了學生時代的無憂無慮，將現在的一切都拋下，躲藏到了青春篇章中名爲遺憾的那一章節，至此在那佇留。

她當然知道那不過是屬於過去的遺憾，也明白夢終究會醒，畢竟生活總得繼續。

但就是現實太過艱難、無趣又平凡，又或者，這些也只是成人的藉口，其實眞正的心態，還是自私、懦弱以及膽怯。

才會躲在他的臂彎之中，貪圖與眷戀那份過去的美好。

懷念過去的自己。

第一章

指甲的邊緣因爲乾燥所以有了死皮，起絲的樣子令人厭煩，羅允芝想也沒想就用食指與拇指的指甲，抓住了另一隻手指頭的脫皮白邊，然後以跟死皮根部相反的方向用力往前拔。

「唉唷。」或許是角度抑或是力道沒抓好，死皮雖然扯下，但是也拉出了一個傷口。

指甲邊緣的傷口不大也不致於太痛，但就是很惱人。

她拿起護手霜擦了擦雙手，桌上的電話響起，她立刻接起，在內心嘖了聲：才剛塗了護手霜啊！這樣話筒都滑滑油油的了。

「成家房屋您好。」她說著，並記錄下話筒另一端客戶的需求，拿出一旁的排班表，確認輪到哪位房仲服務，將案子轉接給對方。

同時，她也打開了抽屜，一個白色信封就躺在裡頭，上頭寫著「辭呈」。

忽然，有人從旁邊走過，她立刻關起抽屜，假裝沒事般盯著眼前的報表，開始登記昨天的看房狀況。

「不管怎麼說，放在抽屜也太明顯了吧？」余莉庭用筷子捲著河粉，表情有點不可思議地看著羅允芝。

「什麼東西？」她心虛地回，但又得裝得若無其事，所以喝了口飲料掩飾。

「辭呈啊。」余莉庭翻了個白眼，「妳還想裝喔？」

「咦？妳怎麼發現……？」

「我那天要找個資料，但妳不在，所以我就自己翻了一下，打開抽屜就看到啦。」余莉庭說得理所當然，用擦了紅色指甲油的手拿起一旁的檸檬，擠了幾滴到羅允芝的碗中。

「我不要檸檬……」她說，但來不及了。

「誰吃越南河粉不加檸檬的啊？」余莉庭再次露出不可思議的表情。

有啊，我。羅允芝心想，但也沒有回嘴。

「但是妳是找什麼東西需要開我的抽屜？」

「就上個月的業績報表啊。」

那種東西明明就放在資料夾裡頭，想也知道不可能放在右邊第一格的抽屜，明明就是開了別人的抽屜侵犯了隱私，卻說了要找資料這種謊。

可是，羅允芝的個性並不是會在職場上與前輩對立的類型，即便她眞的打算離職，也不可能與他人發生衝突。

「話說回來，妳爲什麼要離職？因爲要結婚了嗎？」

「不是。爲什麼想離職就表示要結婚呢？」

「因爲妳看起來是那種結婚就會當家庭主婦的類型。」

余莉庭沒有惡意，羅允芝知道的，但有時候，她所說的話就是那麼刺耳。

「不是那樣的，我們的確是有結婚的共識，只是不是現在。」羅允芝咬了咬下唇，「我只是覺得……」

「覺得怎樣？」

「這份工作讓我有點……無力。」

「無力？」

「就是，我好像看不見自己十年後的模樣。」羅允芝老實地說。她對現在的工作沒有埋怨，只是偶爾當她醒來，會發現今天還是跟昨天一樣，明天也還是會跟今天一樣，好幾年過去，她都還是「今天」這模樣。

她湧上了一種無力、恐懼感，就像回到學生時期看不見未來的那種徬徨。只是如今她已不是學生，她沒有年輕的本錢，也沒有時間去尋找。

人都說，無論何時，只要願意重新開始，不管幾歲都可以。

但事實是，當你到了某個年紀，若是現階段的生活沒有到達內心期望的成就，存款也沒有超過某個能安心的數字，加上年齡年年增加，便會忽然陷入這種自我懷疑與恐慌。

「這就是中年危機啊。」余莉庭給了簡短又殘忍的註解。

「中年危機？但是我才三十三歲耶！」羅允芝反駁。

「三十幾歲跟四十幾歲沒差了，我們都是中年啊。」余莉庭擺擺手。

「不不不！」羅允芝立刻拿出手機查詢，然後將畫面遞給余莉庭看，「瞧，這邊寫說壯年期是三十至四十四歲，所以我們都還是壯年期！」

「喔，所以我們還很年輕啊。」

余莉庭看起來心情很好，或許是因為她們還在同一階段的關係，要是余莉庭現在已經被分到中年期的話，也許反應就不同了。

「所以這不是中年危機。」羅允芝又說。

「但也相差不遠了，我認爲煩惱和擔憂是一樣的，但可能到了四十多歲會更絕望。」余莉庭喝光了碗裡的湯，「但我得說，如果眞的想離職，妳想好之後的出路了嗎？妳在這裡工作八年了，累積的年資就這樣放棄很可惜呢。」

「這……」

「看吧，妳都沒有想清楚。還有，妳打算生孩子嗎？雖然醫學進步，但是妳已經三十三歲囉，即便現在馬上懷孕，妳生孩子的時候也已經三十四歲，在醫學上就是高齡產婦了。」

「呃……」

「允芝呀，我從妳剛進公司就認識妳了，很了解妳的。如果妳想清楚了要離職，我當然也贊同，可是妳得考慮年紀，還有妳能做些什麼呢？轉職以後會更好嗎？」

羅允芝半點都回答不出來，就像她前面所說的，余莉庭說的話沒有惡意，卻很刺耳。

正是因為說到了痛處，所以才刺耳。

她是因為看見了自己的未來才想離職，可是她卻看不見離職後的未來。她的薪水沒有起伏，她的年終一成不變，她的工作隨時可以被人取代，她沒有任何專業技能，說好聽點是她有年資與經驗，處理事情可以更快、更容易上手。

可是她學習新知與新技能的速度比不上年輕人，也因為自己出社會很久，所以對自身權利以及薪水都有一定程度的要求，在不遠的未來，請她還不如請一個年輕人。打開求職網頁，她所能投遞的職缺少之又少，最後她還是只能看跟現在一樣的產業，可是一樣的領域做一樣的事情，只是換個位置換個公司，薪水也沒有多大差別，她一樣能在那位置看見十年後的自己。

這樣，離職有意義嗎？

「唉。」最後羅允芝只能嘆氣。那封辭呈已經躺在抽屜半年了，余莉庭所說的，她當然也想過，正是因為如此，她才遲遲沒有下定決心。

❧

「我回來了。」她朝空無一人的漆黑客廳喊，一邊按下一旁的電源，客廳瞬間燈火通明。

她脫掉了黑色的低跟鞋，將包包丟在一旁，坐上了沙發，閉上眼睛，長長嘆了一口氣。

她覺得好累，每每一天結束後，她總是會累得不想做任何事情。

手機傳來震動，顯示的名稱是韓衍，但後面還多了個「♥」，那是他們最初交往時互相給對方設置的。

兩人交往了六年，甚至在前年開始同居，都有共識要往結婚的方向走去。

但至於什麼時候結婚則沒有討論過，甚至連要不要生小孩他們也不曾聊過。

「晚餐要吃什麼？」

這是韓衍的訊息，簡單幾個字，曾是她對未來的想像：用一樣的沐浴乳、衣服傳來一樣的洗衣精味道、吃著一樣的飯菜等。

一起生活，曾經是幸福人生的雛形。

可是在習慣了彼此的現在，有時候她只覺得煩躁。難道不能自己決定吃什麼嗎？難道不能有一天各吃各的嗎？難道不能讓她什麼都不需要思考嗎？

但她也知道，要是韓衍眞的自己決定吃什麼或是兩人各吃各的，那她也會覺得很受傷與沮喪。

所以，自己到底是想怎麼樣？

「不知道。」她如此回應。手指稍微往上滑了一下螢幕，兩人一整天的訊息並不多，就算有也不過是些生活瑣事，像是帳單繳了沒、蛋沒有了、衛生紙記得買之類的。

以前還會有些「想你、愛你、晚安、早安」等，雖然很不實際，但是很甜蜜。不過她對現在的生活也沒什麼要抱怨的，這樣安穩又平靜的日子某方面她覺得很踏實，可偶爾也會有一種……漂浮在水面的感覺，而這片池塘一點漣漪都沒有。

漂浮，卻踏實，很矛盾的感覺。

「那我買便當回去？」韓衍的訊息再次傳來。

「好啊，我要排骨便當。」

她昨天也是吃排骨便當，今天也是，或許明天依舊，她的生活就跟她的工作一樣，她能想像，下個禮拜她還是做一樣的事情。

說好聽點，這就是踏實的生活。

說難聽點，這裡是一灘死水。

無論是她的生活、她的工作，甚至是她的愛情。她在死水裡頭，想像自己如魚得水。

「妳需要生個孩子改變現狀！」

周思容一臉認真地給了這個建議，但是看著她一頭亂髮與黑眼圈，手裡抱著一個孩子餵奶，而身後另一個孩子在一團亂中持續添亂。

「看起來很累。」

「對啊，是很累。」周思容不否認，而羅允芝只是想著，她絕對不要這麼累的生活。「可是，會很幸福喔。」

「嗯……」

見羅允芝露出微妙的笑容，周思容笑了起來。

「我沒生小孩前，也覺得生了小孩CP值很低，獲得的只是心靈層面的滿足，但是經濟、自由、精神、體力等等，一切都會被打亂，重要的是會有好幾年沒有自己的時間，生小孩到底有什麼好啊？」周思容一邊搖頭，一邊拍著懷中孩子的背，「但是親自體驗過一次後，我得說真的很累，真的不是人幹的，而且還會和老公有無止盡的爭吵，也會看他很不爽。」

「聽起來好糟。」羅允芝皺眉。

「哈哈哈，但是，我必須得說那句以前最討厭聽到的話——等妳生了就知道。」

「還真的是以前很常聽到長輩說的一句話呢。」羅允芝回應，「現在聽到還是很討厭，尤其是現在。」

「是呀，畢竟都三十三歲了，女人的時間有限制啊！」懷中的寶寶酣然睡去，後方的孩子也打起盹，周思容將懷中的寶寶放到一旁的嬰兒床中，前去哄另一位三歲孩子。

羅允芝也識趣地安靜下來，拿出手機不發一語，待孩子睡去後，她們才悄步離開房間，前往客廳。

「啊，暫時的ME TIME。」周思容伸了伸懶腰，露出笑容。

「離開房間不要緊嗎？不需要在旁邊看著嗎？」

「我有開寶寶監視器，而且老大是在軟墊上睡，不會有問題的。」周思容坐到沙發上，把堆著的衣服往一旁推開，「抱歉，有兩個小孩啊，家裡是絕對不會整潔的，自己找位子坐。」

羅允芝環顧了一下，孩子的玩具和用品散落一地，沙發也堆滿了洗好的衣服，地面上還有許多生活用品，看起來應該是被老大從抽屜拿出來玩耍亂丟的。

她席地而坐，看著眼前的家庭主婦，完全想像不出以前的她是個情場浪女。

「所以妳現在也變成了會說老人哲學話的前輩了。」

「但妳不覺得逐漸可以體會以前很討厭聽到的那種『人生哲理』嗎？同時，也開始會講這些『討厭的話』給其他人聽了。」周思容只稍微休息了一下，馬上又開始摺起一旁的衣服。

「……妳以前說不可能當家庭主婦，結婚生子後也要繼續工作，擁有自己的生活，結果現在……」

「婚姻、孩子、歲月，都會讓妳變成另一種妳原先想像不到的人，甚至是妳原本最不想成爲的那種人。」周思容接著反問一句：「妳不也是嗎？」

這句話讓羅允芝心一驚，像是被看透了般，覺得有些糗。

「……我從來沒想過，自己有一天會陷入這種茫然狀態。」

一直以來，羅允芝都很清楚自己想做什麼、該做什麼，明明以前總是勇往直前、無所畏懼，但是從什麼時候開始，她逐漸失去了幹勁，過一天是一天的心態變成了常態？

「因爲老了啊，也安逸了。」周思容再次重申：「所以才說需要孩子改變，況且你們不是也有結婚的打算嗎？那現在在等什麼？」

「我也不知道，雖然有這個打算，但也沒有去規劃時程。」

「結婚是需要衝動的，所以說，要有個孩子啊。」周思容不論怎麼說都會回到這一點。

羅允芝看了看她身周，正準備開口，房間突然傳出了孩子的哭聲，周思容立刻放下手上待摺的衣服，往房間奔去。

「我不確定自己到底想不想要這樣的生活。」羅允芝淡淡呢喃，但她要的生活是什麼，她也不知道。

如果可以，她眞想回到高中時代，在父母的保護傘下無憂無慮的，就算有煩惱，也不過就是考試考不好，或是與同學吵架罷了。

❧

「我這禮拜有同學會，妳要一起去嗎？」

某個平凡的夜晚，剛下班的韓衍一進門便這麼說。

「同學會？在哪裡？」

「在台南，我大學在台南念的，所以大家約定在那舉辦。」韓衍將外套放到一旁的椅子上，羅允芝輕微皺眉，起身拿起外套掛上了衣帽架。

「就說外套不要放在椅子上。」

「放在衣帽架會有痕跡啊，好歹也用衣架吧？」韓衍也皺起眉，一邊碎念一邊去衣櫥拿了衣架。

住在一起，就是有如此微小卻又瑣碎的日常摩擦。

「會過夜嗎？」

「如果妳要去的話，我們就過一夜，順便在台南玩。妳不去的話，我就當天來回。」韓衍的作法十分妥當，羅允芝思索了一下便答應，「那我就來找飯店跟行程。」

「好。」

在這方面，韓衍從來不需要羅允芝操心，他會自己找好行程、飯店，安排好一切後再給羅允芝確認。這樣很輕鬆，所以羅允芝也習慣把一切都交給韓衍。

「你們都沒有同學會嗎？」

「有啊，但大家陸續結婚生子之後，時間就越來越難喬，最後就變成分別和不同朋友小聚而已。」

「結婚生子啊……真的會改變一切呢。我有些朋友也是這樣，這次同學會一些剛生孩子的也不會參加。」韓衍一邊說一邊扯下領帶，又放到了椅子上，這讓羅允芝再次皺眉，見到她的表情，韓衍一邊搖頭一邊嘆氣，把領帶放上了衣帽架。

嘆一口氣，羅允芝開口：「既然說到了結婚生子，你有什麼打算？」

韓衍挑眉，「什麼什麼打算？」

「我們啊。」

「喔，總有一天。」

「總有一天……韓衍，我今年三十三歲了。」

「我知道，但生日還沒到，所以還是三十二。」

「我是說，如果我們有打算要小孩的話，那我已經算是高齡產婦了。」

「現在誰不是高齡產婦呢？」韓衍笑著回，這話讓羅允芝的臉垮下，見她變臉，韓衍輕咳了一聲，「我覺得就順其自然吧，我們要是有了孩子，就結婚。」

「所以沒有孩子就不結婚嗎？」

「也是結婚啊，只是就不是現在。但是說實在的，我們現在跟結婚有什麼不同嗎？」

是沒什麼不同，但還是有很大的不同。雖然有點討厭這種被動的狀態，但她也不是非得要結婚才行，現在這樣的生活她也沒什麼不滿的……

只是，女人和男人不同，女人是有時限的。聽起來很討厭，可是事實就是如此，如果他們真的要生孩子，那最好好好地計畫時間，她可不想快四十歲時忽然發現懷孕了。

不過今天她好累，即便她很想好好和韓衍討論這嚴肅的話題，即便她內心深處覺得韓衍很自私，可是她好累，累得不想多說。明明沒有做什麼事情，但她每一天都感覺好累。

她躺在沙發上，一邊看著電視，一邊無意識地摳著手指頭，然後她發現邊緣又脫皮了，她伸手撕著那些皮，注意到自己的手粗糙且脫皮嚴重。

她覺得好像不認得自己的手了，還記得她以前曾經被做美甲的朋友找去當手模呢，真是令人有些感慨。

「果然是老了嗎？」她喃喃，這句話被正在吃便當的韓衍聽到。

「老了啦，我們都老了。」韓衍笑著回。這白目又不懂閱讀空氣的模樣，讓羅允芝好想生氣，但如同前面所述，她太累了，沒力氣多說。

那天晚上，韓衍親吻著她的嘴，擁抱她的身體，熟悉的撫摸，熟悉的感覺，一切都了無新意，一切都如此習慣。

他們雖然沒有避孕，但是都釋放在外面。這種模糊不清的狀態，彷彿一切真的就聽天由命，看看老天會不會讓他們懷孕。

結束後，兩人各躺一邊，一個準備入睡，一個繼續滑手機。

閉著眼睛的羅允芝對這樣的生活並沒有抱怨，他們也早就過了親熱後還會相擁的熱戀期，這並不是感情不好，只是都太過習慣了，都太過在這段關係中做自己了。

羅允芝咬起了手指上的死皮，想到明天又是一模一樣的日子，就覺得十分疲倦。

❦

在前往台南之前的星期五，周思容難得有了屬於自己的空閒時間，便決定找羅允芝出來一起用餐。

「我媽說我偶爾也要休息一下，沒有小孩在身邊的那種休息，所以主動說要幫我帶一天小孩，我真是久違地享受自由時光啊！」話雖這麼說，但周思容還是一邊看著她媽媽傳來的小孩照片。「說真的，或許不是小孩離不開媽媽，而是媽媽離不開小孩啊。」

「我無法想像，也無法體會。」羅允芝喝了口果汁，老實地回應。

「這時候又要吐出那句……」周思容停頓，羅允芝嘆口氣後接了話：「等妳有了小孩就知道。」

「沒錯！所以，妳跟韓衍談過了嗎？」周思容大笑著問。

「不知那算是談了還是沒談，他說順其自然。」羅允芝把那天的對話簡單帶過一遍。

「順其自然個頭啦！我們哪有時間順其自然，懷孕又不是生一顆蛋，要懷將近一年耶！而且他不知道隨著年紀，卵子的健康度有差嗎？還有生孩子的精力、恢復的狀況、帶孩子的體力等，這對女生的身體等同於打掉重練耶。」

「好啦，別激動。」見到她這麼激動，羅允芝反而覺得好笑了。

「那妳自己是怎麼想的呢？」周思容問。

「其實……好像都還好，要是韓衍說現在馬上結婚生小孩，我也可以，但是他說維持現狀、順其自然，雖然有點自私，我也覺得可以接受。」

「什麼啊！妳是因爲眞的可以接受，還是因爲他說的話？」周思容似無法理解。

「這有差嗎？反正就是……我都可以。」羅允芝聳聳肩，習慣性地咬了一下拇指指甲邊的乾皮，然後又去拔其他地方的乾皮。

周思容還想說些什麼，但當了媽媽後，她明白每個人都有自己處理生活的方式，倒也沒繼續發表意見了。

「妳的手怎麼了？」她轉移了話題，注意到羅允芝一直在摳弄指甲邊緣的皮，「妳沒有塗指緣油嗎？」

「那個我只有剛出社會時有在塗。」羅允芝感覺很久沒有聽到這個保養品了。

「那護手霜呢？」

羅允芝聳肩，周思容覺得不可思議地看著她，從包包拿出護手霜遞給她。

「沒想到當媽媽了妳還這麼注重保養。」

「就是當媽媽才更要注重保養啊，倒是妳的手怎麼那模樣？我有點嚇到。」

「工作很忙。」她胡亂地回。她的工作不算忙，但也不清閒，就是瑣事很多，一直有事情得做，但具體要說做了些什麼又說不上來。

「妳知道指甲邊緣的死皮是一種隱性飢餓嗎？」周思容拿起一旁的披薩，「不是肚子沒吃飽的那種飢餓，是身體缺乏了一些維生素或礦物質之類的，妳有吃什麼保健食品嗎？」

「沒有，因爲我很忙。」羅允芝扯了扯嘴角。

「嘿，我這才發現妳連嘴唇都很乾耶，這樣不行。我們週末去逛街吧？妳得好好買些東西，不然妳和韓衍交往久了，生活太安逸，都不懂得打扮照顧自己了。」

「週末我們要去台南。」

「喔？你們要去玩嗎？眞好，我也想出去玩。」

「不是，是要陪他參加同學會。」

「這樣啊。」周思容吃完一塊披薩又拿起一塊，忽然笑了起來。「不過說到台南，我就想到那件事情。」

羅允芝瞬間明白她在說什麼，也跟著笑了出來，「好久以前的事了。」

「十五還十六年前？我的天啊，竟有這麼久了？」

「高中時的事情了，當然有這麼久了。」羅允芝搖頭。

「不知道他現在在做什麼。你們還有聯絡嗎？」

「怎麼可能！」

「不過至少會有臉書還是ＩＧ朋友推薦吧？」

「我是沒有看到過，可能也沒注意吧。」

「如果看到了，妳會去追蹤嗎？」

羅允芝想了一下，搖了搖頭。

「也是，應該是他要來追蹤妳。」周思容搖頭，「畢竟是他提分手的。」

「少無聊了，那都多久以前的事了。」羅允芝戳了一下周思容的臉，後者笑了起來。

「但講眞的啦，妳得讓生活有點變化才行，現在這樣很像一灘死水。」

周思容的話刺入了羅允芝的心。一灘死水，宛如她此刻的人生寫照，她在這灘泥沼中進退不得，但她也沒有試圖移動，就這樣得過且過地度過每一天。

沒想到有一天，她會成爲這樣的大人。

她看著自己的手，那些因撕拔或是咬傷的指甲邊緣傷口，不大卻令人困擾，不是造成生活不便的疼痛，但就是會隨時提醒她，自己的生活就如同這些小小的傷口，不是很糟，但就是不夠舒坦。

「我其實也是有想要改變的，我想離職。」

「離職？那妳找好新工作了嗎？」

「沒有，我也不一定要找到新的工作才可以離職吧？」

「是沒錯，但這樣生活比較有保障。」

羅允芝瞬間有些生氣，「我可不需要一個全職媽媽爲我擔心。」

這話讓周思容一愣，而羅允芝話說出口便有些後悔，「我知道全職媽媽也很辛苦，抱歉，我不是那個意思。」

「沒關係啦，就像我無法理解妳的職場狀況一樣，畢竟我當全職媽媽也好幾年了，所以妳無法理解我也是一樣的。」周思容寬容地說，「妳還記得高中時對未來的想像嗎？」

周思容轉移話題的方式，讓羅允芝感受到她的溫柔，「我當時也不知道未來會做什麼，只想找個能幫助人的職業，爲此大學原本還想報考社工系，但最後被爸媽反對。」

「妳從以前就很熱心助人呢。」周思容說道，「還是妳週末去擔任志工呢？多少也算是找回一點點初衷吧。」

「我不是沒想過，但……」羅允芝失笑，「好累，而且我現在也沒有想幫助人的心了。」

「果然社會生活會磨去一切。」周思容大笑，「但我覺得也有可能那並不是妳眞正想做的。」

「或許我根本不知道自己想要做什麼。」

「其實我也打算等兩個小孩都上小學後，就出去工作，但到時候我就跟社會脫節了至少十年，根本不知道還能做什麼。」周思容大嘆氣。

「哎呀，這些話題還眞是越聊越辛酸。」

「是啊。」

兩個女人相視而笑，沒有辦法解決的問題與煩惱，只能像這樣拿出來說一說，至少不會悶在心中。

而這些事跟枕邊人談，聽到的大概都是刺耳的建議吧。

但總不能一直一灘死水吧，如果無法做巨大的改變，那至少先改變一些小事。

她決定這趟台南行要精心打扮，想回到最初和韓衍交往時候的感覺，也渴望透過這趟旅行加溫兩人的感情。

如果說結婚需要衝動，那或許她和韓衍就是少了那份衝動，畢竟他們都在死水中太久了。

也許這趟旅程回來後，一切都會不一樣了。

第二章

「沒想到韓衍居然會帶女朋友來啊！」一個圓肚子且有些禿頭的男人邊喝著酒邊說，大中午的甚至有些喝醉了。

「大家不是都說會帶嗎？」韓衍有些尷尬。明明每個人都說好會攜伴，結果變成只有他帶。

羅允芝坐在一旁也有些尷尬，雖然和韓衍交往這麼久，他的一些朋友她也都認識，可是也沒有熟到能談天說地。

「我們是有帶啦，但是她們說要去附近的咖啡廳，不過來……」賴志倫不好意思地說，「我可是有傳訊息跟你講喔，但是我剛傳完就看見你們進來餐廳了。」

「還是妳也想出去逛逛？」韓衍貼心地問。

羅允芝看了一下外頭的豔陽，又看了一下桌上的菜單。

「沒關係，反正……」

「妳就去啦，我們這些臭男生的聚會妳也會覺得很無聊吧？」圓肚的男人說。

羅允芝對這個人沒有什麼印象，看來只是同學，並不是到現在還有跟韓衍往來的朋友。

仔細想想，女友如果不在場的話，對男生來說應該會更輕鬆吧？至少可以暢所欲言。

「那好吧，我就去附近逛逛，你再電話跟我聯絡。」羅允芝站起身，拿了包包，然後朝大家點了點頭。

「抱歉。」賴志倫道歉，雖然他也不需要道歉。

「我再跟妳聯絡。」韓衍說完，就轉頭與大夥聊天。

沒想到有多出來的時間，沒有做旅遊功課的羅允芝也不知道要去哪，好在現在網路非常方便，她只需要打開地圖搜尋一下，就可以將周圍的景點一覽無遺。

她找了附近一間看起來不錯的早午餐廳，打算慢慢地吃些東西、拍個美照後，再來搜尋有什麼不錯的景點。

羅允芝猜想，韓衍和同學們許久不見，加上以前感情也不錯，應該會需要一些時間，或許還會有第二攤呢，所以她等於有半天的獨處時光。

「這樣也不錯呢。」她淡笑著，享受著這突如其來的愜意時光。中烘焙的黑咖啡有著獨特香氣，她以前明明不喜歡黑咖啡，現在卻更喜愛純咖啡豆的香味；以前喜歡甜膩的蛋糕，現在卻喜歡酸甜的檸檬塔。

她一面細數自己的變化，一面感嘆，不知道這樣是好或是壞。她的確覺得自己的喜好似乎變成熟了，但某方面又覺得此刻的自己並不是以前的自己會希望成為的模樣。

「真苦。」她輕啜著咖啡，苦笑著。

忽然，她的眼睛略微睜大，看著手機裡的景點，胸口猛然一緊。

難怪她覺得這裡好像有點熟悉，原來以前曾經來過。

沒有考慮多久，她便決定舊地重遊。離開咖啡廳後，她沿著花開的小路，來到了那小小又蜿蜒的巷子。

這裡是純住宅區，巷弄的邊緣都是住家，每棟建築物都小巧精緻，有著獨特的味道。就連圍牆或柵欄都獨樹一幟，公布欄上則貼著「私人住宅，請勿觀望並請輕聲細語」的告示。

羅允芝輕輕一笑。這裡變得還眞多，但不變的是回憶，彷彿被時光凍結般，歷歷在目，絲毫沒有離去過。

她興奮地拿出手機要拍照，打開了照相機卻是前置鏡頭，看見了自己的臉，她再次苦笑，「景物依舊，但人事已非」這句話，如今她親身體驗到了。

她調回了後置鏡頭，將眼前景物一一拍照，這瞬間她彷彿重回了青春，她嘴角揚起，想起了那個男孩。

他有著蓬鬆的自然卷髮，笑起來時嘴角會些微下沉，眼尾也有點下垂，看起來就像是愚笨又忠誠的黃金獵犬。

不知道他現在在做什麼呢？

羅允芝一邊想著，一邊將拍下的照片發了限動，還寫下了「時光凍結的青春」這類的文青字眼。

她靜靜地走過這些巷弄，繞到了出口又再次走回，堅持把每個小巷都走過一遍，最後才回到原本的出口。

雖然記得這個地方，也記得那個男孩，更記得他們在這裡發生的事情，可是好多細節、好多場景，記憶都已經模糊了。

心血來潮，她在臉書搜尋了男孩的名字，找不到，接著又用羅馬拼音找尋，依然沒有。她又從朋友的朋友的朋友一個個尋找，依舊沒有那男孩的身影。

「我在做什麼啊？」她停下手指，對自己的行為感到可笑。

這時，韓衍的訊息傳來，「妳在哪裡？」

她將自己的位置傳給韓衍，他便說要過來。

羅允芝驚覺，她居然花了快一個小時在找尋男孩的帳號，真是瘋了。果然一個不小心深陷在青春的回憶之中，是會讓人迷失的。

沒等多久，韓衍便到了。

「沒想到還有這樣一個地方，妳逛過了嗎？」

「嗯，你要逛逛嗎？」

他看了一下，聳了聳肩。「不用了，反正妳已經逛完了，而且看起來也沒什麼。」

「是嗎？那我們要走了嗎？」

「走吧。」韓衍轉身，羅允芝跟了上去。

離開前，她又回頭望了一眼這本該只存在於她腦海深處、存於青春的一個場景，明明都褪色了不少，卻在這個意外的午後，與她不期而遇，讓她想起了過往的一些片段。

「賴志倫的女友懷孕了。」韓衍將外套掛上衣架，正在拉開行李箱的羅允芝聽到這話驚訝地睜大眼。

「所以他們要結婚了嗎？」

「都懷孕了，當然結婚。不過不辦婚禮，登記而已。」韓衍將飯店的脫鞋拆開套子後穿上，「預產期是今年八月。」

「哇，沒想到下一個結婚的會是賴志倫。他和女友交往多久了？」

「一年吧？」韓衍也不確定，「我和他這個女友不熟。」

賴志倫的前女友叫陳詩婷，都是大學同一掛的朋友，兩人交往好長一段時間，久到大家都以為他們會結婚，但沒料到最後會走上分手一途。雖然大家依舊是朋友，可還是會巧妙地避開彼此，例如今天的同學會，陳詩婷就沒有出席。

「他們分手的理由是什麼？」羅允芝將明天要穿的洋裝也掛上衣架。

「大家都在猜應該是出軌啦，就是跟現在的女友，他們是工作認識的……不過也沒有人跟賴志倫證實，所以就只是猜測，況且陳詩婷也沒有說什麼，所以就不知道事實如何。」

「如果眞的是出軌的話，那也太爛了吧！」羅允芝皺起眉頭。

「不過他們還沒結婚，所以也還好吧？」

羅允芝放下手裡原本正準備扭開瓶蓋的礦泉水，瞪大眼看著韓衍。

「我有聽錯嗎？」

「啥？」

「沒有結婚所以不算出軌？」

「妳怎麼聽的，我是說『也還好吧』。」

「那意思不是一樣嗎？」羅允芝大大搖頭，「所以你覺得沒有結婚的話，出軌就沒關係囉？」

「我沒有說沒關係，只是比起結婚後的外遇，交往時期的出軌，就是出軌而已啊。」

「我聽不懂有什麼不一樣。」羅允芝瞇起眼睛，「所以你的意思是，我們沒有結婚，出軌也沒關係？」

「允芝，妳在找架吵嗎？我又不是那個意思。」韓衍覺得莫名其妙。

「我沒有在吵架，我是在跟你溝通我們的價值觀。」

「這語氣像是溝通嗎？好像我一回答不如妳意，妳就要發飆一樣。」

「我語氣哪裡不好了？你很奇怪耶。」

「這開頭就像是要指責我的語氣是好的嗎？」韓衍皺眉。

「算了，那就不要講了。」

「看，每次這樣妳就說不講了。」

「不然呢？」羅允芝覺得很無言，她扭開礦泉水倒入熱水瓶中，按下煮沸鍵，

「我只是覺得無論有沒有結婚，出軌對女生都很傷。」

「我又沒有認同出軌這件事情，我只是在講說，結婚後的出軌有法律問題，但是男女朋友的出軌就沒有法律問題。」

雖然韓衍這麼說也對，但聽起來就是令人很不爽。

這會讓羅允芝不自覺投射到自己身上，他們現在又不是十幾、二十幾歲的人，他們是隨時結婚生孩子都不奇怪的年紀了，他們同居卻沒有結婚，要是哪天韓衍出軌了，她什麼也沒有了不是嗎？

「或許我們就算沒有孩子也得結婚。」羅允芝低聲說。

「怎麼？妳怕我出軌喔？」韓衍嘴唇勾起笑，走上前從後方環抱住她，「放心，我不會出軌的。」

「神經！誰怕你出軌，你才要擔心我勒。」羅允芝嘴上不認輸，但她心裡清楚，要是沒有了韓衍，她大概什麼都沒有了。

雖然她有工作，可是她並不喜歡那份工作。

雖然她也付一半房租，但水電與生活費大多是韓衍出的。

雖然他們家事好像是一人一半，但大部分事情都是韓衍在張羅。

就算還沒結婚，她也不能失去韓衍，而不是韓衍不能沒有她。

「喔？妳……幹勁十足啊。」韓衍瞥見了放在行李箱的性感睡衣，笑看著羅允芝。

「我們難得住外面，所以……總是要有點新鮮感啊。」羅允芝歪頭笑著，主動吻上了韓衍。

韓衍當然不會錯過這場誘惑，伸手觸摸著最習慣也最有愛的身體。

羅允芝褪去衣物，腦中飛快算著今天是否爲安全期。

在內心深處，她想著，要是懷孕了，就能結婚了。

她不是非得要婚姻不可，但有時候交往到最後，還是需要婚姻才有保障。

但到底保障了什麼？

或許，她骨子裡也是一個傳統的人吧。

「所以，如果懷孕的話，就眞的結婚了嗎？」周思容聽完的感想只有這個。結婚多年又育有兩子的她，早就不會輕易地臉紅心跳了。

「或許吧。」她聳肩，「久違的一個晚上三次耶。」

「有點羨慕，我現在跟我老公一個月都沒有一次，他甚至有時候還會因爲我月經來而開心，說什麼這樣就不用交功課了，非常機車。」

「我和韓衍以後也會那樣嗎？這樣想想，婚姻很可怕耶。」

「誰知道？我也有朋友幾乎每天都被老公索取，她覺得非常痛苦，只能說地方媽媽都有各自的煩惱。」周思容在電話那頭說著，背景還傳來小孩的哭聲，但是她似乎沒有很緊張。

「不用去哄寶寶嗎？」

「不用，他只是在鬧脾氣，別管他。」這就是生了兩胎的魄力。「說到這個，我有看到妳發的限動，什麼蜿蜒的小巷充滿回憶之類的文字……那個地方該不會是妳跟學弟去過的吧？」

羅允芝一驚，「妳怎麼猜到的？」

「拜託，打成那樣，隨便猜一下就知道了，別忘了，當年我可是妳的煙霧彈呢。」周思容大笑起來，「我想到以前都要騙父母才能跟男友出去，但如果到現在還沒有男友的話，父母才會擔心吧。」

「是啊，如果我們現在都還單身，父母才會希望我們快點跟人過夜吧。」羅允芝說完笑了起來，周思容也笑了。

「不過講眞的，現在自己是媽媽後，有時我會想像一下，要是我女兒以後跟年輕的我一樣，我恐怕會吐血身亡。」

「傻眼，妳眞的變成了一個媽媽了，連擔心的東西都好媽媽。」

「我也傻眼。妳總有一天會體會我的心情。」

會有那麼一天嗎？

她實在很難想像懷孕了的自己、生了孩子的自己，還有當了媽媽的自己。

但更難想像的，或許是身分證背面出現韓衍名字的自己吧。

「還沒發生的事情，又是以前沒有過經驗的，當然沒辦法想像啦，等有一天遇到就會知道該怎麼做了。」周思容倒是對她的煩惱嗤之以鼻。

「好啦，地方媽媽快去忙吧，我也要去忙了。」

「好。對了，關於離職的事情妳進行得怎樣了？」

「一直想離職，但離職後大概又是找差不多的工作。」羅允芝老實說。

「不然妳跟韓衍討論看看？」

羅允芝還沒把打算辭職的事情告訴韓衍，「我覺得聽不到好話。」

「我跟我老公討論很多事情也常常聽不到好話，但還是需要討論，尤其如果妳打算跟韓衍走一輩子的話，那就更該討論了。」

「我知道了，我會跟他討論的。」

掛斷電話，午休時間也差不多要結束了。她到便利商店買了一杯咖啡，沒有午休的下午或許會很難熬，希望這杯的咖啡因能伴她度過，不過好在今天下午輪到她跑銀行，至少可以偷閒放鬆一下。

一回到辦公室，正巧看見余莉庭準備外出，羅允芝見到她手上拿著的單據有些驚訝，「莉庭姐，妳是要去銀行嗎？」

「是呀。」余莉庭穿起外套，背上包包。

「但是今天輪到我去銀行。」

「因爲我今天也有私人事情要去銀行辦理，怕麻煩妳，所以我去銀行順便幫妳弄一弄，這樣妳就輕鬆了。」余莉庭說得大方，但這讓羅允芝皺起眉。

羅允芝一直很珍惜每三天會輪到自己跑銀行、辦理公司業務的時光，這可是她能在上班時間脫離辦公室放風的珍貴時刻。

余莉庭說得好像給了多大的恩惠，事實上不就是利用上班時間辦理私人業務嗎？如果眞的要處理私人的事情，就應該利用中午的時間，而不是假借辦公去處理私人事務，況且這項公事也不是余莉庭的工作。

然而這些怨懟與指責羅允芝都說不出口，倒也不是她多尊重前輩或是想要維持辦公室的和諧，她就只是說不出口，因爲沒有勇氣。

「那就……麻煩妳了，謝謝。」

「不客氣，小事！」余莉庭眨眨眼，就這樣外出了。

羅允芝在心裡長長地嘆口氣，還好剛剛已經買了咖啡。

她一整天在公司笑過幾次呢？上一次覺得元氣滿滿、幹勁十足又是什麼時候呢？

同事按下了廣播，上個世代的流行歌曲從喇叭流洩出來。

「讓我們期待，明天會更好——」

明天會更好嗎？

不，明天還是會跟今天一樣，後天也會跟今天一樣。

明天沒有更好，但也沒有更壞，只是跟今天一樣。

一想到這裡，羅允芝就覺得呼吸困難。她就像個溺水的人，只是她手裡有根浮木，可是這浮木無法拯救她上岸，只能漫無目的地在這泱泱大海中飄蕩，沒有目標，沒有終點，沒有盡頭。

「允芝，今晚要不要去餐廳吃飯？」難得地，韓衍傳來了這樣的訊息。

頓時，她內心有些期待，「要去吃什麼？」

「牛排？就一直想去吃的那間。」

「好啊。」羅允芝答應後，飛快在腦海中思索今天是不是什麼紀念日。

韓衍並不是會過紀念日的人，和他交往的這些日子以來，她從一個會過聖誕節的人，變成了連生日都不太過的人。

所以，韓衍不可能主動過節，他會這樣忽然想吃什麼餐廳的理由，大概就是眞的「忽然想吃」罷了。

不過久違地外出用餐，羅允芝還是很興奮，她上網看了一下菜色，多虧如此，原本黑白的下午瞬間變成彩色的。

下班時間一到，她很快地整理好離開，快得連余莉庭都來不及跟她說再見。搭乘捷運時，她抓準車子平穩行駛的空檔塗上了唇膏和腮紅，用手指抓了抓瀏海，從車窗的反射看著自己的模樣——嗯，還不錯。

韓衍已經在餐廳門口等她，見著他的模樣，頓時有種回到最初約會的心情。

「今天這麼難得要吃餐廳？」羅允芝走上前，故作淘氣，「是做了什麼對不起我的事情嗎？」

「無聊。」韓衍一笑，轉頭跟帶位人員說人到齊了。

這頓飯吃得很愉快，雖然和最初的約會相比，兩個人的話減少了很多，大概都徘徊在生活日常之中，像是網路的速度變慢啦、家裡的蛋沒有了、包裹還沒有領取等等。

生活的瑣事很多，兩人的話題若圍繞在這永遠也不會結束，但就是少了戀愛早期的心動氛圍，雖然她曾經也想過，兩人一起去大賣場採買生活必需品或是討論柴米油鹽醬醋茶也是另一種浪漫。

但就是，不再心動了。

「對了，我有事情想說。」不過人本來就不會一輩子談戀愛，走到這樣的生活化，是每段情侶最後都會面臨的，這也是一種幸福。

最重要的是，當妳徬徨無助的時候，有個人永遠站在妳身邊。

「怎麼了？」韓衍問，這時他的手機響起，他看了一眼，「是我主管，等等。」

他接起電話，被打斷話的羅允芝也不覺得如何，一邊喝著湯，一邊拿起手機看了下。

有一則追蹤要求，羅允芝點入了通知，是沒見過的帳號，大頭貼用的是遠照。

她先是皺眉，以爲是詐騙，但是當她細細看了照片與帳號，心臟猛然抽了下。

「楚煜函……」她不敢相信眼前所見。

下意識地，她抬頭看了韓衍一眼，他沒有發現她的異狀，依舊和主管討論著材料的差異，她則點回了楚煜函的帳號，是關閉的，必須追蹤才能看見內容。

「妳剛才要說什麼？」韓衍掛掉了電話，喝了口水。

「啊……」羅允芝立刻關閉螢幕，「我想要辭職。」

「辭職？」韓衍有些訝異，拿著水杯的手停下動作，「爲什麼？不是做得好好的嗎？」

「因爲我不知道做下去有什麼未來。」羅允芝老實說，把自己的擔憂與徬徨都告訴韓衍。

她以爲可以得到理解，但是韓衍只是皺起眉，用不可置信的表情說：「妳以爲妳剛出社會嗎？連再來要做什麼或是能做什麼都不知道，就幼稚的因爲這點小事離職。難道我喜歡我的工作嗎？工作不就是賺錢的手段？」

「……」

「妳要算算每個月的開銷，才知道自己離職後會怎麼樣，或是看看自己的存款。另外，至少要先找到下一份工作才離職吧？薪水也得比現在高才行，否則就沒有換工作的意義了。」

韓衍嚴厲的言詞讓羅允芝非常無法接受，她的身體微微顫抖，放在膝上的手些微用力地握緊。

「我不快樂的話也沒關係嗎？」她輕聲問。

「啊？」韓衍沒聽清楚，但這時服務生送上了牛排，開始一連串地介紹肉質的差別。

羅允芝和韓衍靜靜聽著，掛著微笑道謝後，韓衍切了牛排吃了口。「很好吃，妳快吃。」

「嗯。」羅允芝有些吃不下。

她又何嘗沒想過韓衍提出的那些問題，但是她只想聽見韓衍同理的關懷，先關心她的情緒，再關心其他事情，這不是伴侶該做的嗎？

「所以妳要提離職嗎？」韓衍又把話題拉回。

可羅允芝已經沒有心情回答了，她一點也不想再多說些什麼來被人說教。

「反正妳自己想清楚就好了。」

韓衍的說法看似把決定權交給她，好像很尊重她似的，但前面卻已經把她當成笨蛋數落完一通了。

餐後，韓衍前去結帳，羅允芝在等待時打開了手機，畫面還停留在楚煜函的頁面上。

羅允芝沒有思考多久，便按下了同意，同時要求追蹤楚煜函。

楚煜函沒過多久就同意了羅允芝的追蹤邀請。

羅允芝是在回家洗澡完後，有空檔使用手機時才發現這件事。

她點入楚煜函的頁面，發現他似乎是新創立的帳號，這讓她有些訝異。楚煜函的個性應該是很愛拍照打卡又上傳的類型，怎麼可能到現在才創立帳號？

點入他的追蹤人數，不到二十個，一半以上她都不認識，但是有幾個是以前學生時代就見過的。楚煜函所追蹤的人也一樣，一半以上不認識，一些是高中就見過的名字。

「所以這眞的是他的帳號……但是爲什麼……？」

「什麼爲什麼？」洗好澡的韓衍裸著上身，用毛巾擦拭著頭髮。

「沒什麼。」羅允芝回應，又看著韓衍，問：「如果我離職，你會不高興嗎？」

「妳的人生妳自己決定。」韓衍聳肩，拿起了吹風機吹頭髮。

這個答案讓羅允芝很不高興，一樣就是聽起來好像很尊重她的意願，但是語氣充滿不屑輕視，就好像自己是什麼無能的白痴一樣。

而且什麼叫作「妳的人生」？好像自己的人生和他的人生沒有任何交集一樣。

可是羅允芝不想吵架，她的脾氣與個性在交往的這些年、在出社會的這些年，全部都被磨到消失了。

她到底是個怎樣個性的人，她早就忘記了。

「知道了。」她如此回應，但到底要怎麼做，她也還沒有定奪。

昨晚不爽的情緒直到天亮起床還是沒有消散，擱在心裡隱隱作祟，所以羅允芝很早就出門，雖然韓衍覺得有些奇怪，但是羅允芝只說了公司有事情，韓衍也沒有多問。

在一起太久了，很多時候都不會多問兩句——或許是信任根深蒂固。

她是第一個到辦公室的，慢條斯理地吃著早餐，點開了影音平台觀看廢片，讓腦子放空不去多想。

倏地，醬汁滴到了桌面，她趕緊打開抽屜要拿衛生紙，又看見了那張辭呈。

她停頓了下，猶豫著。

她當然知道自己沒什麼一技之長，也明白離開後她或許找不到更好的工作，更可惜的是，她必須放棄這裡的年資。

但是她眞的受夠了每天通勤時刻人擠人的公車與捷運，受夠了難得放假卻到處人滿爲患，想要去個景點放鬆、喝個咖啡、吃個美食，都得排隊、預約、等候，甚至還要被限制用餐時間。

她也受夠每天都坐在辦公室裡，做著日復一日的文書作業，她明明該奢求的是安穩，卻對一成不變的生活感到窒息與痛苦。

一想到這裡，她的眼中盈滿淚水，覺得委屈、無處發洩，卻又裹足不前，她討厭這樣的自己，卻無力改變。

如果可以回到過去多好，那時的自己愜意又快活，她甚至都忘記過去有多麼單純美好了。

「妳這麼早就到公司啦？」沒想到余莉庭是第二個來的，看見羅允芝此時出現在辦公室覺得很是新奇，「眞難得呀。」

難得什麼？聽起來好像自己很懶一樣。

羅允芝忍不住在心裡抱怨，但也只是回個微笑並說聲早安，維持著不冷不熱的同事關係。

余莉庭把包包放到座位上，開啓了整間公司的燈，走向了廁所。

羅允芝把注意力放回電腦螢幕，一邊咬著吸管一邊繼續看著廢片。

過了一會兒，余莉庭回到位子上吃早餐，忽然笑了一聲，對她說：「我昨天晚上心情不好，所以去買了一個麵包。」

羅允芝雖然對這突如其來的搭話覺得很奇怪，但還是禮貌性地回應：「爲什麼心情不好？」

「哈哈哈，我就知道！」余莉庭大笑起來，但羅允芝卻搞不清楚爲何，「這是麵包版的MBTI測試，要是回答關於心情的就是F型人格，回答關於麵包的就是T型人格。」

「沒想到妳會對這個有興趣。」羅允芝很是訝異，還以爲MBTI只有年輕人在玩。

「這就像以前的心理測驗一樣，很有趣呀，也很像以前學校會做的人格測驗，只是現在流行的是ＭＢＴＩ。」

「也是。那這兩種有什麼差異？」

「簡單來說，Ｆ型就是感性人格，Ｔ型就是理性人格，思考型那類的。」余莉庭眨眨眼睛，「我也是問心情的Ｆ喔。」

「女生應該大多都會問心情吧。」

「那可不一定，我很多朋友都問買什麼麵包。」余莉庭哼著歌，「妳也可以問問妳身邊的朋友，說不定會有出乎妳意料之外的。」

羅允芝半信半疑在社群軟體敲了周思容，但是一大早的她可能沒空理會訊息，接下來她則問了韓衍。

「妳昨天什麼時候有空買麵包，我怎麼沒看到？」結果韓衍的回答不出意外。一直以來，韓衍就是實際的個性。當初她會喜歡他，也是因爲他理性的模樣不是嗎？

但有時候，還是會希望他可以浪漫一點。

「沒什麼，我記錯了。」她連解說這是測驗的心情都沒有，想起了自己還有點在鬧脾氣，便不打算回應了，不過，韓衍也沒繼續追問就是。

大概中午的時候，周思容回應了，很意外的是她問：「我現在覺得麵包很好吃，妳買什麼口味，好吃嗎？」

「我以爲妳會問我爲什麼心情不好。」羅允芝有些失望。

「我們每天都會心情不好啊，有什麼好問的？況且妳要是眞的心情很糟糕的話，一定會直接說發生什麼事，才不會提到麵包呢。」

一長串的理性解釋，果然周思容也是T型人呢，但仔細想想，她從學生時代就是這樣的風格了。

這時，手機傳來了IG的通知，羅允芝瞥了一眼，下一瞬睜圓了眼——是楚煜函。

「學姐，好久不見！」

短短一句話，讓羅允芝瞬間充滿了懷念。

她點開了手機的通知，查看訊息，很快地回覆：「學弟，好久不見。」

「竟叫我學弟，唉唷好可怕，我又做錯什麼了嗎？」

楚煜函的回覆讓羅允芝忍不住笑了出來，想起兩個人以前相處的點滴，非常懷念覺得這樣的互動。

「開玩笑的啦！學姐，好久不見，最近好嗎？」

「好久不見說了兩次。」

「哈哈哈，因爲眞的好久不見啊，十年有沒有？甚至十五年？」

「我不想計算時間。」

「喔，年齡是女人的祕密，我懂我懂。」楚煜函回應，「那最近好嗎？」

羅允芝停頓了一下，然後打上：「昨天心情不太好，所以去買了麵包。」

看著下方出現了已讀，不知怎地，她的心跳開始加快。

「是喔。」

楚煜函的回覆出現。

「爲什麼心情不好？」

這一刻，羅允芝笑了出聲。

所有的一切，關於楚煜函的回憶都回來了。

是呀，他就是一個會先關心她的心情與感受，更勝於其他事情的人。

第三章

和楚煜函重新聯絡上這件事情，羅允芝並沒有告訴周思容。她不是刻意隱瞞，只是沒有適當的時機提起。

她和楚煜函交換了通訊軟體帳號，兩個人聊天的頻率變得高了些，但並不是每天，也沒有無時無刻，也沒有漫無目的。

雖然兩個人有過一段愉快的時光，也結束得十分遺憾，但都已經是十五年前的事情了，早就過了時效。或者更應該說，正是因爲兩人有過一段情，現在才能更坦然地聊天，比起一般的朋友更爲接近，更沒有隔閡。

但這也得歸功兩人分手時並不難堪，只是遺憾。

「我其實找過你耶，爲什麼你沒有其他社群平台？」

羅允芝打出了這段話，但是在發送前她遲疑了一下，最後還是選擇刪除。

「你怎麼找到我的ＩＧ的？」她改成這樣，發送出去。

「就跳出推薦，所以我就加入了。」

「你帳號是新創立的？」羅允芝問。現在ＩＧ可以看見帳號創立的時間。

「不算新的，只是很少在用。」楚煜函回應，「學姐現在在哪工作？一樣在臺北？」

「是呀，你呢？」

「我在新竹，不過很常去臺北出差。」楚煜函回覆得很快。是什麼工作可以回得這麼快？羅允芝有些好奇。

「學姐做什麼工作？櫃姐嗎？」

看到這兩個字，羅允芝頓時一愣。

「怎麼會覺得我在做櫃姐？」

「因爲學姐以前不是說想當櫃姐嗎？」

他的話讓羅允芝鍵盤上的手指停頓了下。

她以前說過想當櫃姐嗎？

好像是有這麼一回事，但是她的記憶怎麼有些薄弱呢？

「是嗎？我大概是隨便回的吧。」她這麼回，「要是當櫃姐的話，哪有空這麼快回覆？」

「好傷心，當時居然是隨便回我的嗎？我可是很認真的啊。」

她幾乎可以想像得出楚煜函的哭哭臉，不過，那張臉是高中時的模樣就是了。

「況且如果真的是櫃姐，也有可能今天排休，才有辦法馬上回應我啊。」

「那你回覆得這麼快，難道你是櫃哥？」她本是故意順著他的話問，但楚煜函的回答卻出乎意料。

「是啊！我現在就是櫃哥喔。」

「真的假的？別騙我。」

「我怎麼敢騙學姐，是真的。不過也不太算是櫃哥，學姐要不要猜猜看？」

羅允芝正準備回覆，一旁的余莉庭卻輕咳了聲。

「上班呢。」她提醒，這讓羅允芝有些羞愧，但同時也有些生氣。

她事情都有做完也做好了，雖然現在旁邊有放文件，但也不是急件。況且，她偶爾才和朋友在上班時聊天，余莉庭更常趁上班去買咖啡或偷懶，憑什麼現在忽然拿出前輩的身分教育她呢？

「抱歉。」但這些也都只是想想，她關掉了聊天頁面，開啓了文件檔案。一直到晚上搭捷運時，她才有時間點開楚煜函的訊息。

「我在大家房屋當行政，其實不太能聊天，今天還因爲這樣被前輩罵了呢。」訊息馬上被已讀，這讓羅允芝挑眉。楚煜函是隨時都在看手機嗎？

「居然有人敢罵學姐，難道學姐沒有反罵回去嗎？」

「我哪是那種人呀。」

「欸？妳是誰？還我認識的學姐！」

在擁擠的捷運車廂裡，羅允芝一邊回覆訊息一邊微笑，平常覺得煩躁的通勤時光也因爲和楚煜函聊天變得格外特別。

「你認識的學姐是怎樣的？」她反問，但楚煜函沒有已讀。

於是羅允芝點開了其他的APP滑看，又點回了IG，之後又去晃晃其他APP，又回到IG，但是楚煜函依舊沒有讀取。

忽然，她覺得車廂的空氣好悶，一旁的上班族後背包擠壓著她，而另一邊的OL幾乎整個人靠在欄杆上。羅允芝想，快點到家吧，她想要下車，離開這個擁擠的鬼地方。

「妳有提離職嗎？」韓衍帶著便當回家，一進門就問這句。

「沒有。」羅允芝簡短回答。

「妳是要再考慮還是放棄了？」他把便當放在桌上，解開襯衫的鈕扣。

而羅允芝只是聳了聳肩，不想要討論這個話題。

「聳肩是什麼意思？」韓衍有些不高興。

「就是我還不知道。」她走到餐桌邊，從塑膠袋裡拿出便當。

「不知道的話我們來討論一下啊，分析一下利弊。」

羅允芝覺得好煩，她不想再討論了，她幾乎可以預見討論的結果是什麼，又會是再一次的被數落、貶低，說著自己沒有規劃、沒有思考清楚，只是再給韓衍一次機會看低自己罷了，她才不想討論呢。

「不用了，我也想過了，在沒有找到下一個工作前我不會離職的。」羅允芝直接給了結論。

但說實在的，她好想在家好好休息一陣子。

可這句話她死也不會說出口，因爲韓衍一定會說：「休息什麼？妳工作有很累嗎？工作又不用動腦也不用加班，而且存款也不是很多，哪有本錢休息一陣子？又不是年輕人了。」

天啊，這些話好像真的聽見了一樣，倏地出現在羅允芝的腦海中，她立刻搖搖頭，揮去這討人厭的幻聽。

她面前的韓衍皺起眉，問：「怎麼了？」

「沒有，吃飯吧。」羅允芝扯了下嘴角。

「對了，我不是說賴志倫要結婚嗎？確定時間了。」

「不是說只要登記嗎？」羅允芝打開了便當，是雞腿便當。雖然她喜歡雞腿便當，或者說吃什麼便當都好，但是，如果韓衍在買之前可以詢問她一下該有多好？有時候她也想吃排骨便當啊。

不過沒有必要爲了這種生活瑣碎事情吵架，甚至連拿出來講都沒有必要。

「是啊，但是登記也可以穿著簡單的婚紗去，朋友也可以去祝福。」

「所以意思是……」

「他們也住在臺北，說希望我們可以當他們的見證人。」

沒想到會被邀請，羅允芝雖然和賴志倫的前女友陳詩婷比較熟，但是賴志倫也是他們的朋友，況且結婚是喜事，加上他們是和平分手，所以去當見證人應該也沒關係。

「但是找你我還可以理解，怎麼會想找我呢？」

「因爲他們說感覺我們會是下一個結婚的，況且我們交往很久，找我們當見證人對他們來說是種吉祥的象徵。」

「原來我們代表吉祥啊。」羅允芝笑了起來。在外人眼中，他們的確是對幸福佳偶。

倒也不是說他們不幸福，她和韓衍沒有感情上的問題，只是她自己單方面有些疲憊罷了。

「所以妳覺得呢？」

「什麼時候？」

韓衍說了個日期，羅允芝看了眼行事曆，那一天是平日。

「這樣得請假呢。」

「他說那天會請我們吃大餐。」韓衍揚起微笑。

「怎麼了？」

「我只是想到他們說我們會是下一對結婚的。」

「這樣有什麼好笑的？」

「因爲我們不是說好了懷孕才結婚嗎？」

這又讓羅允芝不是很開心了，「爲什麼得等到懷孕才結婚？你的意思是說，如果我沒有懷孕，我們就不用結婚了，一直這樣同居下去嗎？」

面對羅允芝突然使起脾氣，韓衍覺得莫名其妙，「妳怎麼了？」

「我只是覺得，這樣我們在一起這麼久有什麼意思？」羅允芝一說出這句話就後悔了。

「什麼？難道一定要結婚我們才有在一起的意義嗎？」韓衍這下也不高興了，「奇怪了，妳怎麼會說這樣的話？」

「我也不知道爲什麼你會說這樣的話。」羅允芝看著眼前的便當，「而且我一點也不想吃這個！」

「不想吃就不要吃啊，莫名其妙！我買便當回來還要被妳嫌，那我以後都不買了。」韓衍脾氣也上來了，伸手搶過羅允芝的便當，直接往塑膠袋裡扔。

「我又沒有說不吃！」羅允芝對於他極端的反應更不高興，「你爲什麼要丟掉？」

「妳嫌棄就不要吃，以後妳都自己買。」說完，韓衍就離開餐桌，直接進去房間洗澡。

被丟下的羅允芝相當錯愕，同時一陣委屈湧上。她又沒有說不吃，她只是希望韓衍可以在買便當的時候詢問她一下，就算她每次都吃一樣的，那一句詢問便是一種尊重。

他們是要長久相處下去的伴侶，這種微不足道的小事無論好的、壞的，都是會累積的。

於是她哭了，這一瞬忽然領悟，爲什麼夫妻之間最激烈爭吵的導火線，永遠是一件很小的事情。

因爲，那是累積下來的爆發。

兩人的爭吵一直延續到隔天，兩人都沒有對話，韓衍一早起來便快速整理好去上班，連出門都沒有打聲招呼。

羅允芝知道這就是韓衍的脾氣，他雖然不會主動道歉，但會主動說話，簡單來講就是裝沒事。可是在兩人破冰說話前，那冷戰的氛圍好比冷凍庫。

以前羅允芝就算覺得自己沒有錯，還是會主動開口，打破僵局，但兩人交往時間也很長了，她沒辦法永遠當主動的那個人。

「氣死人了。」她在化妝台前憤憤地說，一邊將粉底往臉上塗去。

手機傳來訊息提示，有一瞬她還以爲是韓衍，不過卻是楚煜函。

「學姐還沒猜我是做什麼工作呢。」

沒頭沒尾忽然冒這一句，羅允芝因爲心情有些煩躁，所以並沒有馬上點開回覆，一直到中午，她的心情稍微好了些，才一邊吃著便當一邊點開他的訊息，回：

「不是說櫃哥嗎？」

楚煜函很快地已讀，「我還以爲學姐怎麼了，回得好慢！」

「竟還敢嫌我慢啊，我工作很忙的。」

「學姐不是說是行政助理嗎？」

「失望嗎？」不知道爲什麼，楚煜函的回覆讓她有點羞愧，於是她打出了這句話，但一發出去她立刻後悔。爲什麼她要打這句？這份工作也是正當的職業，她這麼說不就像自己看不起這份工作一樣嗎？

「爲什麼會失望？」羅允芝還來不及將話收回，楚煜函已經回覆。

「也沒有，當我沒說。」

「學姐最近還好嗎？」

又是這句問話，今天看了特別令她心酸。

「不好。」她回應。

「怎麼了？」

和男朋友吵架了？覺得自己三十多歲了卻沒有存款？還是想離職卻又無法離開？看不見未來？還是男友不願意和自己結婚？

羅允芝不知道該講哪件事，每一件事情都讓她心煩。

「我在考慮要不要離職。」最後她回了這句。

「離職？」

她跟他講這個做什麼呢？他又不懂自己現在的生活，也不明白自己面臨了什麼，楚煜函大概也只會問「爲什麼要離職？」，那她又要怎麼說出這些經年累月累積的不安和徬徨？

她甚至都不知道自己在不安什麼、徬徨什麼。

她連自己要什麼都不知道。

於是她關掉了手機螢幕，吃完了便當，丟到垃圾桶。下午還有會議要開，也得寫上禮拜的報表，之後還要記錄這星期的數據，以及整理新舊客戶的資料，她很忙碌，每天都很忙碌，但是她在這份工作找不到成就感，彷彿一灘死水，在這載浮載沉，永不停歇。

結果下午的會議比預期晚了一個小時結束，加上有客戶臨時晚上要看房，工作一下子擠到一起，她甚至來不及傳訊息告訴韓衍自己要加班。

事實上，她還是有時間通知韓衍的，可因爲他們正在吵架，她不想因爲這樣的事情再次成爲主動說話的那個。

所以她一面期盼著韓衍主動聯絡，一面將這些「瑣事」逐一完成。

當工作終於結束已經七點半，手機並沒有韓衍的來電紀錄，連訊息也沒有。

她的心好空，焦急卻也疲乏。

等她帶著戰戰兢兢的心情回到家，發現電燈沒亮——韓衍也沒有回家。

他通常再怎麼生氣，也一定會回家，所以最有可能的便是他也加班了。這讓羅允芝十分洩氣，就連加班也輸給他了嗎？到最後，她還是得主動詢問韓衍人在哪不是嗎？總不能韓衍回家時，見她明明在家，卻沒有詢問他的去處吧？

就算在吵架中，他們也還是男女朋友啊，所以該做的事情還是得做。

所以她主動傳了訊息給韓衍：「我剛加班完回到家，你也加班？」

韓衍並沒有馬上讀取，見到這樣的狀況，羅允芝猶豫著自己是否要先吃飯，便滑著手機等待韓衍的回覆。這時她才注意到ＩＧ有未讀訊息，點開之後，發現楚煜函後面還有話。

「想離職就離職啊！」

「學姐這麼優秀，到哪都能適應且做得很好的。」

就這兩句話，瞬間讓羅允芝紅了眼眶。

或許她想聽到的，一直就只是這樣的話。

「你又知道我能做得很好了？」她回覆，但楚煜函沒有已讀。

韓衍在這時回覆了：「加班，和外國廠商開會。」

短短幾句，羅允芝看完放下手機，起身去煮了水餃，還開了瓶啤酒，看著一直想看卻沒時間看的電影。

好像回到久違的單身時光，一個人的夜晚可以做很多自己想做的事情，然而她卻沒有任何想做的事情，就這樣放空著，看著電視螢幕，日復一日。

那天，等到羅允芝都洗完澡了，韓衍才回到家。或許是因爲加班太過疲累，兩個人彷彿都把昨夜的爭吵當作不曾發生，正常對話。

有時候慶幸著兩人外出上班一天後，回來情緒會好很多，可以讓冷戰這件事情船過水無痕。但有時候想想，兩個人並沒有好好談論吵架的原因，事情本身並沒有解決，只是讓它過去了。

但無論如何，誰也都不想破壞這已經和好後的和諧與平衡，便也不會再去聊那些事情了。

次日早上，和韓衍在捷運站分別後，羅允芝看見了楚煜函傳來的訊息。

「因爲學姐從以前就什麼事情都做得很好啊。」楚煜函說。

「謝謝你啊，但我現在跟以前不一樣了。」

她拿出交通卡，走近了閘門，楚煜函的訊息再次傳來：「我相信人的本質是不會改變的，還是學姐要不要和我聊聊呢？」

「我們現在不就在聊了嗎？」

「我今天正好會去台北，學姐如果中午有空，要不要一起吃午餐？」

螢幕上的邀約文字讓羅允芝一愣，她從沒想過會再次和楚煜函見面，她看了一下今天的穿著，她這模樣行嗎？不會讓過往的對象對現今的自己幻滅吧？

「學姐？」

楚煜函的訊息又傳來，羅允芝考慮了一下，「見個面好像也不錯。」

「當然不錯啦，現在有多少人跟以前的朋友還有聯繫？能和學姐重新聯絡上我很高興！」

她幾乎能想像楚煜函高興的模樣，而此時她腦海中浮現的，是楚煜函高中時代青澀的臉。

「學姐在臺北的哪個地方？」

羅允芝告訴他資訊，楚煜函馬上說沒問題，兩人約好了時間和地點，楚煜函便說要忙了。

和以前交往的對象見面這件事情，是不是應該要告訴韓衍一聲？

她和韓衍大概知道彼此過往的情史，但用情多深、在一起多久、交往過幾個等，並不全部清楚。

所以韓衍知道她高中時和一個學弟交往過，但就僅此而已。

她和楚煜函聯絡上這件事情，也沒機會跟韓衍說，現在突然跟他講要和前男友吃飯，那不是很奇怪嗎？

思前想後，她決定之後有機會再說，反正平常和男同事吃飯不也是和男生吃飯嗎？這應該沒有什麼不同吧？

羅允芝收起了手機，拿出鏡子看了一下自己的面容。幸好昨天睡前敷了臉，皮膚看起來還行。

眼尾的細紋倒是有些礙眼，年輕時總覺得笑起來眼尾有紋路很可愛，但到了三十多歲，紋路似乎變成了老化的代表。

「不過是和楚煜函見面，我何必要這麼在乎外表？」話雖然這麼說，她還是又多看了鏡子裡的自己幾眼。

畢竟，誰都會希望遇見前任的時候，能保持不輸給過往的風采，代表自己這幾年過得不錯，不是嗎？

中午的時間很快就到了，羅允芝懷著忐忑又帶點期待的心情來到約定好的餐廳。她原先還想抵達後再確認一次自己的妝容，因爲離開辦公室前補妝實在太奇怪了，難保余莉庭這個敏銳的前輩不會發現蛛絲馬跡，最後想想還是作罷。

爲了避免不必要的誤會，她直接離開辦公室來到餐廳，當她開口跟服務生說了訂位時間與名字，對方回道：「已經有人先入坐了，請跟我來。」

這一瞬，羅允芝的心跳得好快，沒想到楚煜函已經提早到了。她多久沒見到他了？他看見自己會失望嗎？會不會覺得自己變老了？會不會兩人的話題根本對不上頻率了？

她瞬間湧起好多擔心，湧起了想要逃跑的衝動。

什麼時候她也會擔心現在的自己不再是楚煜函的憧憬了？

踏入社會這幾年，她把自己變成了自己都不喜歡的模樣。

那楚煜函呢？他會是什麼模樣？意氣風發嗎？還是會依舊像以往那樣目光追著自己跑，如同她對他大狗狗般溫暖又單純的記憶嗎？

跟隨著服務生的腳步，她逐漸接近座位，看見了一個穿著藍色襯衫的男人的背影。

僅僅只是背影，羅允芝很快就認出來，那是楚煜函沒錯。

她看過他的背影好幾次，即使物換星移，她還是能一眼認出，就像回到當初的青少年歲月。

❧

那是高中二年級剛開學的時候，羅允芝被老師指派為新生訓練的學長姐之一，在為期兩天的活動之中擔任舉足輕重的角色。

「都說新生訓練是優秀的學生才能參與的，此言果然不假。」周思容頂著一頭黑到不可思議的頭髮，一邊咬著飲料的吸管。

「妳昨天才去把頭髮染黑嗎？」羅允芝瞧著那不自然的髮色。

「對呀，而且我看很多人都趕在最後一天把頭髮染回來，我跑了好幾家髮廊都沒空檔。」周思容搖頭。

「那最後妳怎麼染的？」

「我去買泡泡染。之前聽別的學姐提過，我那時候還覺得應該很難用、很傷頭皮，可是昨天真的沒辦法了，死馬當活馬醫，沒想到超級好用耶，就跟洗頭一樣。」周思容說完還甩了一下自己的黑髮，「瞧，黑溜溜的。」

「雖然黑溜溜的，但是看起來很不自然，太黑了。」

「染黑就是這樣呀，過幾天就自然了。」周思容下一刻露出苦瓜臉，「可惜的是，一條我很喜歡的浴巾被染黑了。」

羅允芝搖搖頭，暑假期間的周思容可謂放飛自我，染了一頭粉色，還去參加了好幾場的搖滾音樂會，甚至在認識的人偷渡之下，潛進去夜店三十分鐘，可說是膽大包天。

「仔細想想，要不是我們從幼稚園就認識，我們這樣不同類型的人應該不會是好朋友吧？」周思容上下打量穿得中規中矩的羅允芝，搖了搖頭說：「能把制服穿得這麼標準的，大概也只有妳了，襯衫紮到百褶裙裡，還必須露出皮帶，白襪子不能超過小腿肚，還有頭髮也不能染燙，更不能超過制服後面的肩線。欸，髮禁不是解除了嗎？」

「正確來說，髮禁早在解除戒嚴時就解除了，即便從二〇〇五年髮禁已全面解除，仍然有些學校規範一定程度的頭髮模樣，例如我們學校。」羅允芝停頓一下，「我也認同要有髮禁的存在，也認爲學生不該花太多心思在裝扮上面，我們現階段的本分就是念書。」

周思容聽了大翻白眼，「妳有夠無趣的耶，羅允芝！妳怎麼不說學生的本分是戀愛呀？」

「戀愛是妳的本分吧？」羅允芝也回了個白眼。

「妳不覺得妳人生這樣很無聊嗎？」

「哪會無聊？我覺得這樣很好啊，念書可以得到好成績，未來還能找到好工作，重點是，在學校我是老師和同學眼中的好榜樣。」羅允芝此言乃肺腑，念書對她來講還算輕鬆，雖然不是考第一名的料，但至少成績在前幾名，品行也一直都很好，從小到大給師長的印象就是「好學生」。

「所以啦，我才說迎新不意外的都只找品學兼優的好學生當代表，妳知道這樣多無聊嗎？應該要找懂玩的學長姐，例如我，這樣新生才會對未來充滿希望，否則就只是從國中這個考試地獄落到了高中這個考試地獄啊。」周思容大大嘆氣，聲音大得全班幾乎都能聽見，資優的學生露出了困擾又不屑的眼神，而一般學生有些則在笑。

「妳就是喜歡這麼誇張，以前我們走在一起時，老師們才總是以為妳在欺負我。」羅允芝忍不住提醒。由於兩人的確外型與個性都不太像是同一掛的人，所以高一時兩人在走廊上聊天，周思容特大的嗓門還引起了老師的注意，被老師叮嚀要離羅允芝遠一點。

「想到那時就有氣，老師根本以貌取人，我明明就只是在跟妳聊天，只是講話大聲罷了，就擅自覺得我在欺負妳。」周思容氣呼呼道。

「我記得很清楚，妳那時候可是大罵了『靠北』兩個字喔。」

「我會罵那兩個字，也是因為妳先說了我身上的香水味道聞起來很廉價。」周思容搖頭，「所以說會讀書的流氓才更恐怖啊，道貌岸然的比一看就流氓的更令人毛骨悚然好嗎？」

「我不想跟妳爭，不過如果妳也想參加迎新籌備會的話，我和老師說一聲，讓妳加入。」要是能和周思容一起準備，一定會有很多有趣的活動提議。

「我才不要！吃力不討好。而且和一群幼稚國中生能開心到哪兒去？」周思容秒拒絕。

「人家是小高一，不是國中生。」

「他們兩個月前還是國三生。」周思容擺起了學姐的架子，沒想起自己兩個月前也還是高一。「總之，妳就去好好準備妳的枯燥又八股的迎新會吧。」

羅允芝聳肩。

「對了，唐恩應該也是其中一員吧？」周思容忽然帶著八卦意味的笑容問。

「是啊，說過了，我和唐恩沒有什麼。」

「是、是，妳對唐恩當然沒有什麼，但是唐恩可喜歡妳了。」

「他明明就沒有對我說過什麼，妳倒是每次都用很篤定的態度說他喜歡我。」

「因爲我戀愛經驗豐富，一看就知道他喜歡妳。」周思容搖著手指，「我覺得他說不定就是妳高中時代唯一的戀愛機會了，所以要是對他不排斥又想刷戀愛經驗的話，可以考慮他喔，他感覺是個好人。」

周思容說的話實在讓羅允芝太難想像，所以只是敷衍地笑了下，就草草結束了這個話題。

下課時間，唐恩來到教室門口找羅允芝，周思容在一旁瞎起鬨，讓羅允芝有些尷尬。

「抱歉，我朋友有點奇怪。」她對唐恩道歉，無視在後面嚷嚷的周思容。

「妳朋友很有趣，她在喊些什麼？」高䠷的唐恩文質彬彬，嘴角掛著淺笑。他當然知道周思容是誰，除了大膽的作風以及姣好的臉蛋令人印象深刻外，同時她也是羅允芝的好朋友。

唐恩就如同周思容所說，喜歡羅允芝沒錯。自負且自信的唐恩也認爲，羅允芝有一天會和自己交往，畢竟他一直以來想要什麼都沒有失敗過。

「別管她。」羅允芝搖搖頭，催促著唐恩到別的地方去談話。「來找我有什麼事嗎？」

「關於新生訓練，我們需要整理一下活動流程，還有必須告知新生注意事項。」這只是想見羅允芝的藉口，畢竟不同班的兩人如果要見面，得費盡心思找尋理由才行。

「啊，老師今天也跟我說了幹部名單了，我想或許得找時間大家一起開個會，在此之前我們應該各自擬定好自己認爲必須告知新生的重要事項，之後再一起討論，去蕪存菁，並且安排好流程與場地吧。」羅允芝大腦飛快地轉了下，大致排好接下來要做的事，這讓唐恩露出了微笑。

他喜歡腦筋動得快且聰明的女生，而羅允芝恰好就是這樣的女孩。

「沒問題，我想我們的組長就是妳了。」

羅允芝聽了趕緊拒絕，「我哪有資格呀！組長當然是你來當。」畢竟唐恩可是全校第一名呀。

「我認爲主要發話者是妳比較好，新生們看到是學姐也會比較安心吧。」唐恩思忖一下又說：「而且還是這麼漂亮的學姐。」

聽他這麼說，羅允芝也只是揚唇一笑，「你眞愛開玩笑。」

見羅允芝逃避了自己的話，唐恩只是笑了笑，「那就這樣吧，我去通知其他人。」

「那就麻煩你了。」羅允芝對唐恩道謝，目送他的背影離去。

她雖然沒談過戀愛，但是唐恩的好感表現得眾所皆知，不過只要唐恩沒有說出「喜歡」兩個字，她都會當作不知道般逃避。

她實在想像不出來，戀愛的自己會是什麼模樣。

第四章

雖說是新生訓練，但並不是到外面過夜，而是利用上課時間在學校進行，這也是爲什麼會找成績還不錯的人主持，因爲即使稍微落後兩天的課程，也能快速追上，至少羅允芝是這樣猜測的。

但，不愛念書的人就算在課堂上，也是跟不上的吧？不過這樣的想法羅允芝當然不會說出口。

「妳覺得這樣如何？」唐恩拿著流程表和羅允芝核對。

看起來十分完美，有他處理一定沒問題。

「我覺得很好。」

羅允芝點點頭，準備繼續測試麥克風的聲音，但唐恩又叫住她。

「這裡，雙人主持的部分，我們兩個一起搭檔吧？」

唐恩靠自己好近，羅允芝有些彆扭，偷偷地縮了一下手。「嗯，你決定就好。」羅允芝快速說完就想逃離，但唐恩又湊過來。

「那我們得先決定該說些什麼，彩排一下。」

「嗯……你說的也是。」

唐恩帥氣又值得信賴，羅允芝知道他們兩個要是交往，連老師都會舉雙手贊成，就像漫畫裡會出現的那種「天造地設」的配對。

可是，她就是對唐恩沒有感覺，或許是他太過理所當然的態度，才讓她退避三舍吧。

但是該做的事情還是要做好，所以兩人快速彩排了流程，也和每個人都確定了明天該做的事情，大家就解散了。

離開學校，羅允芝打算去買個小點心再回家，但後頭的腳步聲追上了她。「羅允芝，等我一下。」

是唐恩，羅允芝有些驚訝。雖然唐恩的好感一直以來都不算隱晦，但也不曾如此積極過。

唐恩的積極也是有原因的，他認爲花了一整個高一和羅允芝培養了友情，高二便可以晉升到另一種關係。可他雖然自信，也不是沒長眼，他也得試探羅允芝對自己有沒有好感，才能執行下一步的告白。

「唐恩，怎麼了嗎？」

瞧，羅允芝那防備的模樣。唐恩有些沮喪，但並不氣餒。

凡事都得努力過才知道有沒有結果，不是嗎？就像念書一樣，所以唐恩不會因爲羅允芝這樣的反應就放棄，至少現在還不會。

「我想說有空的話，我們一起去吃個東西如何？」

「但是……」她想要說謊自己要回家，可是現在的她的確很想買個小點心吃。

她仔細打量了一下唐恩，雖然他積極得讓她有點卻步，但他們明天還得一起執行新生訓練活動，所以今天鬧僵了也不好。

況且扣除「喜歡」這個要素，作爲朋友，唐恩是一個很好的對象。

「好，那我們走吧。」羅允芝雖然答應了，不過她思考著，還是得設立停損點才行，要是唐恩遲遲不告白又一直過於積極的話，她還是得找時間與他說清楚。

「我朋友他們學校的新生訓練在暑假就舉行完畢了，我們學校卻拖到開學兩個禮拜後才開始，不覺得時間上很怪嗎？」唐恩與她並肩一起走，一邊閒聊。

「我想應該是這時新生都對學校有點了解了，這樣子跟他們講解規則和例行活動，才更有能感同身受吧。」

「這麼說也是。」唐恩笑了笑，「妳總是能說出我沒想到的觀點。」

「你稱讚我稱讚得太誇張了。」羅允芝大笑，不知道是自己眞的優秀，還是因爲唐恩想討好自己才會這樣說話。

「我是說眞的，我覺得妳很聰明，做事也很靈活機伶，很少有女生像妳一樣。」

「好了啦，再講下去我就不好意思了。」羅允芝趕緊阻止他，感覺再這樣下去，唐恩就要告白了

「哈哈，我可是很眞誠的。」唐恩說，羅允芝也只是點點頭。

兩人買了雞蛋糕，唐恩提議到一旁的椅子上坐著吃，羅允芝搖頭拒絕，說媽媽要她早點回家，看得出來唐恩還想多說些什麼，但他還是揮了手說再見。

一邊吃著雞蛋糕一邊走回家的路上，羅允芝想著唐恩的模樣，她明白唐恩受歡迎的點在哪，但只能說，她對他就是沒有任何感覺。

事實上，她也不知道自己喜歡上一個人會是怎樣，畢竟活到十七歲，她還沒有談過戀愛。當然小時候暗戀別人的經驗是有，但是要把它說成是戀愛的喜歡，又覺得有點牽強，她會把小時候的暗戀歸類在「憧憬的欣賞」。

隔天一大早，羅允芝到教室放好書包，就馬上拿起一大袋需要用到的東西，來到大禮堂。

沒多久，唐恩和其他同學也陸續到達，他們快速地開會講完流程，把所有的佈景都檢查過一次後，時間也差不多了。

「教務處報告，請高一新生現在移動到大禮堂。」老師準時廣播。

過不久，就聽見走廊傳來學生的腳步聲以及說話聲響，嗡嗡嗡地，就像是吵雜的小蜜蜂。

羅允芝覺得有些緊張，拿著麥克風和唐恩站在講台邊，一年級的學生陸續進到禮堂，下方的同學指揮著他們依照班級坐下。

「兩位同學都準備好了嗎？」主任走上講台問道，羅允芝點點頭。「很棒，你們做得很好，我還是第一次看到流程內容都不需要老師調整的。」

「謝謝主任。一開始會先請校長說話，接著是主任。」羅允芝趕緊把手上的流程表交給主任，主任只是擺擺手。

「不用了，我之前就都看過了，你們兩個做得很好。」主任第二次稱讚，這讓羅允芝充滿了信心，緊張的情緒也瞬間消失。

講台下的學生七嘴八舌地聊天，等高一新生幾乎都入座後，各班的導師開始請大家安靜，因爲是初來乍到的小高一，大家都十分乖巧聽話。

上課鐘聲響起，高一新生安靜下來，羅允芝握緊麥克風，臉上揚起了微笑，走上講台中間。

「歡迎各位同學加入文華高中，我是二年一班的羅允芝，也是你們這兩天新生訓練主要的負責學姐，有事情歡迎找我或是你們的直系學長姐詢問，今天也會告訴大家你們的直系學長姐是誰，以及高中這三年要注意什麼，還有學生的本分又是什麼。」一講完「學生的本分」這幾個字，羅允芝清楚見到前排有幾個學生微翻白眼，事實上她在寫這段話時，多少也有猜到或許會有學生覺得聽起來很刺耳，但很無奈，這就是現實，學生本就該有本分應做的事情，況且，老師也在聽呢，所以該有的「說教」還是得要有。

「各位同學不知道有沒有站在講台上的經驗？在講台上其實看得很清楚，所以切記，要擺臉色請小心，要有技巧，別讓學長姐或老師、教官們發現了。這是你們要學的第一課。」羅允芝微笑著說，眼神掃過那群翻白眼的學生。

小高一頓時被嚇到，尷尬地低下頭或裝沒事。

見狀，一旁的唐恩也笑了。他喜歡羅允芝除了之前提到的優點外，還有就是她總是直球對決，不會平白接受人家的白眼或打擊，她一定會好好反擊回去。

這也是為什麼唐恩要花那麼多時間和羅允芝培養友情，若是他從一開始就表現得積極，想必早就被列為拒絕往來戶了。

忽地，後門傳來吵雜聲，站在講台上的羅允芝很清楚就能看見，禮堂的最後面有一個滿頭金髮的男孩跑了進來。

羅允芝一驚，怎麼會有人滿頭金髮？

「這傢伙！」一旁的主任當然也看見了，馬上從講台走下去，朝那男孩的方向而去。

台下的學生也發現不對勁，一個個轉過頭去看，一見到金髮男孩，一年一班的學生爆笑出聲。

「他還眞的做了啊？」

「太猛了吧！」

「好強，以後不能跟他賭耶！」

他們七嘴八舌地說著，羅允芝的視線卻沒有辦法從那宛如帶來暴風雨的男孩身上移開。

男孩一邊笑一邊看著主任走到跟前，馬上立正站好，說：「主任好！」

「你搞什麼東西！這頭髮是怎樣？」

「報告主任！我昨天不小心拿錯媽媽的染劑，就變成這樣了！時間太晚，商店也沒開，所以今天只能頂著金髮來，保證回家馬上染黑！」他邊說邊單手敬禮，聽起來就是藉口的話讓一班的學生笑得更大聲。

「你當我白痴嗎？這種……」

「主任，這邊有我媽媽寫的單子，保證千眞萬確。」金髮男孩馬上從書包拿出聯絡簿，翻到他媽媽所寫的那一篇證明，上頭有家長的簽章，這讓主任一時間也不好繼續發作。

「……你先給我回到座位。」主任只能暫時退一步，待晚一些再打電話跟家長確認。

「帥啦！」學生們爆笑出聲，而金髮男孩單手握拳，擺出勝利的姿勢，像是光榮凱旋的英雄，如風般快步走到一班的位置。

羅允芝趕緊回神，她清了清喉嚨，拉回學生的注意力，金髮男孩坐下後抬頭看向講台，而羅允芝也正望著他。

「學弟，你叫什麼名字？」羅允芝微笑著問。

「啊？我？我嗎？」他東張西望，不確定羅允芝是不是在跟他說話。

「是的，金色頭髮的這位學弟。」

學生們好奇地竊竊私語，興奮看著眼前這幕。

「我叫楚煜函。」

「楚煜函，我記住你了；我叫羅允芝，你也得記住我。」羅允芝瞇眼微笑，那一瞬，楚煜函感覺心彷彿被什麼東西狠狠撞了下，下一秒跳得飛快。

她不會知道自己站在台上時看起來有多美、多自信，即便被擾亂，她還是可以在短時間內掌握一切，把大家的目光重新拉回到自己身上。

她那看起來閃閃發亮的耀眼模樣，讓楚煜函整個人驚愣住。

接下來整場的新生訓練，只要羅允芝站在講台上說話，楚煜函的雙眼就緊盯著她瞧。雖感覺到目光，但羅允芝沒有再去多看楚煜函一眼，所以她不知道這位男孩正以毫不隱藏的愛慕神情盯著她，她還以爲對方是頑劣的學生，正怒視著自己呢。

「禮堂的活動結束，接下來我們要轉往各班級的引導，順便公布直系學長姐。」唐恩在高一生解散回教室時，於後台和羅允芝討論，「原本說大家各自帶自己的班級，不過你們班只有妳一個，我們班有三個，還是我跟妳一起到一班？」

「也好，不過你就錯失和你的直系學弟妹第一次見面的機會了。」

唐恩聳肩，「反正我和直系學姐也沒什麼在聯絡。」

聽到他的話，羅允芝笑著說：「那是因爲你直系學姐一直想追求你，你不願意才疏遠的。」這個八卦大家都知道。

唐恩有些尷尬地笑著，「那件事情就別提了，我們快點弄一弄吧。」

他們快速把現場整理好，在上課前來到了一年一班。

一踏進教室，那醒目的金髮男孩就在教室正中央，一見羅允芝踏進教室，便目光殷切地看著她。

啊，差點忘記楚煜函是一班的學生，羅允芝內心想著。

這也是她從剛才到現在，第一次近距離看清楚煜函的五官，她沒有見過長得如此精緻的男孩，漂亮的五官與眉型，還有那白皙的肌膚，搭配一頭金髮，明明該像個男子偶像團體的一員，可是他一見到羅允芝，卻笑得像是拉不拉多犬般，憨厚又呆萌。

「大家好，我是羅允芝，也是二年一班的學姐，剛才在禮堂我們都打過招呼了，所以不浪費大家時間，我們現在馬上就來抽直系學長姐。」說完，羅允芝直接拿出準備好的籤，丟進一旁桌上的投票箱裡。

「請問……不是依照座號來安排學長姐嗎？」有同學舉手發問。

「如果依照座號的話，大多就是男男、女女配，爲了增加多元性，所以我們採取抽籤。」唐恩解釋，同時把登記表拿出來。

「所以我們也有可能會抽到學長你囉？」幾個學妹眼睛發亮，甚至發出小小歡呼聲。

「我是二年六班的，因爲二年一班只有派一位學姐，但我們六班有三位，所以我過來支援。」唐恩微笑，學妹們失落。

「那表示我也有機會抽到學姐囉?」楚煜函舉手,興奮地大喊。

「對,有機會抽到學姐。」沒聽明白楚煜函的意思,羅允芝簡短回應。她搖晃投票箱後,便要大家依序上台抽籤。

學弟妹魚貫來到講台抽籤,告知唐恩結果,一切進行得快速又順利。

楚煜函在排隊時雙手合十,緊閉眼睛碎碎念,看起來非常怪異,直到他走到羅允芝面前抽籤,她才聽清楚他在說什麼。

「希望可以抽到羅允芝學姐、希望可以抽到羅允芝學姐!」他居然在低嚷這句話,清楚到身邊的人都能聽見。

學弟妹有些在竊笑、有些好奇地看向羅允芝,想知道她的反應,而唐恩輕輕皺眉,羅允芝則是微圓睜了眼。

「你想要抽到我?」

「啊,被學姐聽到了嗎?眞是太不好意思了!」楚煜函開心地回應,那音量一點也不像不好意思。

「那你加油吧。」羅允芝瞄了一下,目前只抽了三分之一,抽到她的機率微乎其微。

「心誠則靈，請大家保佑我可以抽到羅允芝學姐！」他轉身對全班大喊，大家還眞的拍起手爲他加油。

「如果我沒有抽到，也請抽到的人跟我交換，我會請你吃兩個月的早餐當作報答！」

「不能作弊喔。」唐恩在一旁大聲提醒，接著與羅允芝互看一眼，微微搖頭苦笑。

楚煜函吹了一下手掌心，緊張地將手伸進投票箱，嘴裡還不斷念著各路神明保佑，然後抽出一張紙條。「保佑一定要是羅允芝學姐！」

「等等，在打開之前，」唐恩碰觸了一下楚煜函的肩膀，「問一下爲什麼你想抽到羅允芝？」

沒想到唐恩會直接問，所有人都好奇楚煜函會怎麼回答。

「因爲學姐很漂亮啊！」楚煜函一點也沒遲疑，甚至沒有覺得不好意思，露出如同狗狗般的笑容，然後看著羅允芝，「所以希望我可以抽到學姐！」

或許是因爲太直接了，讓羅允芝有些驚訝也有點欣賞眼前的學弟，不過她的表情並沒有多少改變，只是淺淺微笑，顯露高一個年級該有的從容與優雅。

「打開吧。」羅允芝說。

他的手因爲緊張與期盼而有些發抖，當那摺成方形的紙條被打開，出現了羅允芝的名字時，楚煜函睜大眼，發出了如同煙火爆炸般的歡呼。

「萬歲！我眞的抽到學姐了！這完全就是命中注定啊！謝謝神明，我一定去燒香還願，萬歲！」他拿著紙條在原地轉圈，羅允芝則不敢置信。

「樂透都沒有這麼準。」唐恩搖頭笑著。

果然羅允芝的魅力無法擋，但唐恩並不擔心眼前的學弟，甚至沒有把楚煜函放在情敵的位置，畢竟他是學弟啊，況且這種突然出現的男人，怎麼可能比得上已經努力一年多的自己？

「好了，快回座位吧。」眼前這像是咬到球的大狗讓羅允芝有些困擾，但見他直率地用盡全身肢體表達自己的喜悅，又讓羅允芝覺得挺不錯的。

「太好了，學姐，請多多指教。我叫作楚煜函。」他對羅允芝眨眨眼，一邊扭動身體一邊回到座位。

唐恩再度搖頭，在登記表上羅允芝的名字旁邊，寫上了楚煜函的名字。

「楚煜函是眞的喜歡學姐喔？好震驚。」

「剛才在禮堂不就一直盯著她看嗎？」

「但是表現得那麼誇張，我以爲只是表演效果……沒想到是眞的。」

「他挺帥的……眞可惜啊……」

班上一群女生開始竊竊私語，其中包含一些失望的聲音，但楚煜函毫不在乎，臉上喜孜孜的表情展露無遺。

雖然如此膽大且有點令人困擾，但意外的，羅允芝並沒有厭惡的排斥感，或許是因爲他那大狗狗般的呆萌模樣，讓她卸下了心防，甚至覺得他有點可愛。

中午用餐時間，唐恩與羅允芝一起到辦公室吃飯，學校有幫他們準備便當和珍珠奶茶，這一點讓同學們覺得這份差事做得很值得。

「沒想到妳馬上就有粉絲了。」唐恩主動提起楚煜函。

「別提了，就小朋友。」羅允芝夾起排骨咬了一口，即便在愛慕者面前，她也不會刻意維持自己的形象。

就是這自然的模樣，讓唐恩深深著迷。

「妳喜歡的應該是比妳年紀大的吧？或是至少要同年？」唐恩像是在爲自己找

保證。

「大概吧。」羅允芝覺得這話題有些無聊，尤其她還知道唐恩問這些問題是別有居心。

唐恩當然也不是那麼不識趣，明白羅允芝不想聊，便打住這個話題，聊起了別的。

午餐結束後，有些同學要回教室午休，有些同學就留在這裡消磨時間。羅允芝原想在這確定下午的流程，不過發現唐恩似乎在等她，她便想乾脆給自己休息時間算了。

「那我就先回教室了。」

「好，那我在這裡確認下午的流程。」唐恩不想讓羅允芝覺得壓力太大，懂得何時進退，這也是羅允芝不會給唐恩臉色看的最大原因。

但偶爾，還是會覺得很難呼吸。

她有時候會想，到底是拒絕人比較痛苦，還是被拒絕比較痛苦？對她來講，大概是前者。可這麼說一定又會被其他人認爲是在炫耀或不知好歹，可是拒絕人的時候，會看見對方難受的表情，或多或少還會有點埋怨的情緒，接受這種負面情緒讓人覺得不舒服，而有時候也會因爲無法回應相同的心意而感到難過。

總結，拒絕人不如被拒絕。

「學姐，哇，學姐，沒想到會遇到妳！」

突然，一個聲音從旁邊傳來，羅允芝看見楚煜函正興奮地看著她。

「你怎麼沒有回教室？」羅允芝皺眉，現在可是午休時間呢。

「因爲我肚子痛，出來上廁所呀。」楚煜函嘿嘿笑著。

這裡的確是男廁位置。

「好了就快點回教……」

「哇，學姐，妳怎麼有珍珠奶茶？學校可以點外送嗎？」

「……不是，是因爲我們擔任新生訓練的工作人員，學校請客的。」話被打斷的羅允芝深吸一口氣，「好了，快點……」

「珍奶超級好喝，我也很喜歡！但是喝多了會變胖，我姐姐曾經連續一個月每天喝，結果胖了三公斤！」

「你不要一直打斷……」

「但是學姐天生麗質，一定怎麼喝都不會胖的！」說完，楚煜函的臉還紅了，

「好啦，我知道學姐想趕我回教室，但是難得可以在教室以外的地方遇見學姐，而且還沒有別人，我很想多跟學姐聊天，可是又不想造成學姐困擾讓學姐討厭我，所以我現在要走了！」說完，他做了敬禮的手勢，馬上回頭跑走。

羅允芝跟不上他如此快速的思緒和行爲，呆愣在原地看著楚煜函的背影，在轉角時，他轉過頭來，見羅允芝還盯著他看，先是一驚，接著一喜，舉起雙手用力左右揮舞。

「學姐，下午見！」他用口型與氣音這麼說。

這樣的距離，羅允芝應該是聽不見也看不清的，可是羅允芝卻神奇地知道他說了什麼。

像是被他那純粹的快樂給感染，羅允芝差點也要舉起手揮舞了，但是她忍住了，只揚唇輕輕微笑，頷首，轉身離開。

她吸了口珍珠奶茶——實在是太甜了。

第五章

兩天的新生訓練順利結束，比較手忙腳亂的大概就只有第一天，第二天基本上只有半天左右，畢竟學校的規則與環境一天就可以介紹完畢，第二天只是讓學長姐與學弟妹多點交流，中午過後學長姐們就可以回到班級正常上課了。

而拗不過一年一班的要求，唐恩和羅允芝便留在他們的教室一起用餐。

「沒辦法在自己的教室見到學姐，我會很難過的。」楚熤函苦著臉，因爲說得實在太坦然，有時候都讓人覺得他是在開玩笑。

「但我們都在同一個學校，別太難過。」羅允芝也學會了如何回應——一起說笑就不會顯得尷尬，反而會讓其他人覺得有趣。

通常這樣楚熤函就會臉紅，雖然只有短短一天多，但是羅允芝覺得自己好像已經很了解他了，楚熤函是一個會主動進攻的人，但是當對方有所回應時，便會害羞臉紅。

嗯……怎麼說呢？挺可愛的。

「學長姐沒什麼錢，所以沒辦法請大家喝飲料。要是以後出社會有緣再見，我們再補請大家喝飲料。」唐恩把焦點從他們兩個身上移開，對全班這麼說，也有點宣告意味，像是多年後他和羅允芝還有在一起的可能性。

「好哇，學長你說的喔！那我們得要互相追蹤無名小站才行，要保持聯絡啊！」幾個學妹開心喊著，還要唐恩交出無名帳號。

「那學姐的無名帳號呢？」有學妹詢問，而楚煜函彷若搖著尾巴、睜大眼期盼的模樣所有人都看在眼裡。

唐恩都已經公布帳號了，羅允芝這時不說也奇怪，況且真的有心的話，其實都可以找得到她。

「好啊，我的帳號是……」她大方說出，楚煜函立刻拿出紙筆抄下。

「可惡！要是手機可以上網就好了！這樣我就可以馬上瀏覽學姐的無名。」他大聲地說。

有些人笑著要他別說夢話，唐恩則輕輕皺眉，倒是羅允芝覺得很有趣。

她不是沒有被追求過，只是如此明目張膽倒是第一次。

「好了，那我們走囉。」見到羅允芝的微笑，讓唐恩突然有了危機感，於是他判斷快點離開這裡比較好。

兩人離開了一年級教室，在回去的路上，被刺激到的唐恩想著見面沒有兩天的楚煜函都已經用盡全力告訴羅允芝他的喜歡了，他還拖了一年多，雖然他認爲自己是在加深羈絆，但眞的是這樣嗎？

會不會到最後，他才是親手放掉機會的人呢？

「允芝。」所以，他決定就是現在了，他停下腳步喚她，身旁的羅允芝也停下，「我想妳知道。」

他看著她，而羅允芝在這瞬間明白了唐恩要說什麼。

「我從高一就一直很喜歡妳，我們有沒有機會在一起？」他的話簡單扼要，說實在的，他一點把握也沒有，但還是說出口了。

就因爲一個楚煜函的威脅？就因爲羅允芝的一個笑容？不管是什麼，已讓他失去了從容。

不，不僅僅是那樣，他明白羅允芝的個性，所以那個笑容才會使他緊張起來。

「抱歉，唐恩，我覺得你是一個很好的朋友。」羅允芝幾乎沒有猶豫地回，好像這個回答已在她內心練習過很多遍，只差說出口而已。

唐恩持續一年多的暗戀，就這樣在簡單的兩句話中結束了。

唐恩並不意外，一直以來什麼都很有把握的他，唯獨對羅允芝的事情一點把握也沒有。

「嗯，我想也是。」他乾笑著應，想當個有風度的人。他慶幸兩人不同班，這樣至少回到他的班上後，就不用強顏歡笑了。

「抱歉，唐恩。」除了道歉，羅允芝也想不出其他的話。

「妳覺得楚煜函怎麼樣？」唐恩問。

「就是一個學弟。」羅允芝說。

「我想如果妳會喜歡上某個人，那大概就是他了。」

「爲什麼這麼說？」

「就是一個感覺。」唐恩笑著預言，便轉身離開，如同他的人般優雅，輕巧地退出了羅允芝的感情世界。

見到羅允芝若有所思回到教室的模樣，周思容很快就察覺不對勁，加上跟屁蟲唐恩居然沒有送她回來教室，於是馬上湊到她身邊八卦。

「妳如果念書有像打聽八卦這麼敏銳的話，第一名應該不是夢。」羅允芝調侃，但周思容只是聳肩。

「書有念就好了，不需要專精，但是看人臉色、察覺狀況這種事情可是一生都受用的，我現在是在訓練自己一生的技能呢！」

「好啦好啦，很棒！」

「眞是敷衍。」周思容嘟起嘴，那精緻的五官構成了美麗的臉龐，無論她做出怎樣的表情都魅力十足。「不過，到底發生什麼事情了？」

羅允芝知道瞞她不過，周思容只要有想知道的事情，一定會追查到底，所以不如省點力氣，現在就直接告訴她。

「唐恩跟我告白，我拒絕了，而一年一班的學弟楚煜函好像很喜歡我，瘋狂跟我告白。」

周思容瞪大了眼，「哇！聽起來超級勁爆，但是妳用平淡又簡短的方式說明，聽起來超沒勁的。」

「我爲什麼要讓妳對我的八卦有勁呀！」

「八卦是生命的能量，妳要學會這一點呀，不然就變成只會死讀書的無聊人囉。」周思容對她搖搖手指，「出社會以後還只會死讀書，不懂人際的往來，是會被排擠的喔，到時候還可能孤老終生呢！」

「不用講得那麼嚴重，我又不是不擅於交際。」羅允芝坐了下來，「妳只是想知道細節罷了。」

「好啦，我親愛的允芝，快點告訴我吧。」她露出討好的笑容，羅允芝拗不過她，就把事情全部都告訴她了。

「沒想到充滿自信的唐恩在一個學弟身上感覺到威脅呀。」

「威脅？」

「不然他都等了一年多，爲什麼急著現在告白，還在走廊上？一點都不像他的個性。」

「妳很了解唐恩？」

「不是了解，只是在一旁觀察出來的。」周思容轉轉眼珠，「不過我覺得唐恩很不錯，我還沒交過那類型的男友。」

「妳該不會……」羅允芝拉長尾音。

「嘿嘿，不介意我去接近他吧？」

「當然不介意，但唐恩感覺是很認眞的人，妳不要玩弄人家。」

「我戀愛的時候也很認眞啊，我又不會腳踏兩條船。」

周思容也沒說錯，只是每次和對方的認眞程度相比，她都顯得不夠認眞。依據她的說法，這是在刷經驗値，羅允芝也沒想去評論她的感情觀，反正她自有分寸。

「那妳就加油吧。」羅允芝聳肩。

周思容比出拇指。「對了，那個學弟怎麼樣？能讓唐恩覺得受威脅，一定是妳有做了些什麼吧？」

「我沒做什麼啊。」

「那就是不經意的囉？所以唐恩預測妳未來會喜歡學弟，嗯……」周思容摸著下巴，「決定了，我等會就去看看那個學弟長怎樣。」

「不要啦，妳很無聊耶。」

「他又不知道我是誰，我經過看一下而已。」周思容決定的事情，羅允芝也沒辦法阻止，只好放任她去。

就這樣過了一節課，下課時，周思容還眞的馬上跑去一年一班，羅允芝在教室搖頭嘆氣，反正跟她沒關係。

快上課時，周思容帶著詭異的笑容回來了，臉頰還有點紅潤，這讓羅允芝覺得怪怪的。但礙於上課鐘聲已響起，羅允芝憋了一節課，才趁下課抓著周思容到走廊欄杆邊詢問。

「剛剛發生什麼事情了？」

「哎喲，妳不是說跟妳無關嗎？怎麼還主動問？」周思容調侃她。

「那是因爲妳的反應很奇怪，我才主動問的。」

「呵呵。」她瞇眼，露出不相信的表情，不過還是說了經過。

「我到了那裡，馬上看到一個全班最帥的男生，我想他要不是楚煜函的話，那其他人都不需要考慮了。我才準備隨便抓一個女生問楚煜函是哪位，那個帥哥看見我，馬上一臉驚喜地朝我跑來，大喊著：『妳是周思容學姐對吧？』那一刻我還想說自己的美貌之名遠播，連新生都知道，結果他卻說：『妳是羅允芝學姐的好朋友！』我的天啊，他好像趁著下課，跑去電腦教室把妳的無名小站快速看完，還把照片中常出現的朋友給記下來，眞的是愛屋及烏，但說實在，也很有恐怖情人的潛力。」

「這是褒是貶？」

「當然是褒啦！不過妳到底有什麼魅力，老是能吸引到帥哥呀？」周思容沒禮貌地上下打量她，最後恍然大悟道：「大概是那顯得高冷的臉蛋吧。」

「這是褒是貶？」

「當然是褒啦！這段話是不是剛才說過？」周思容說完後仰頭大笑，結果後面經過的學生撞到了她。

「嘖，小心一點啦！」撞到人的學長不悅地說。

「抱歉、抱歉。」周思容趕緊道歉，她認出了對方是老師頭痛的學生，能別惹麻煩就別惹麻煩得好。

「喔？這不是二年級很有名的學妹嗎？」不良學長露出討厭的表情，與旁邊的朋友訕笑後，一手按壓自己的肩膀，「撞得我好痛喔，這下要怎麼辦？」

「對不起，我不是故意的。」周思容知道對方故意找碴，但除了道歉也不知道怎麼辦。

「看來需要用妳的電話來撫慰我——」不良學長們開始噁心的言語騷擾，周思容臉都白了，就在學長的手要搭上周思容的肩膀時，羅允芝立刻擋到前面。

「學長，明明就是你自己撞過來的，況且周思容這麼瘦小，是能把高大勇健的你撞得多痛？」羅允芝毫不畏懼，抬頭看著他。

「妳是什麼東西啊！痛不痛是很主觀的，關妳屁事。」不良學長沒料到有人會反駁，有些拉不下臉。

「那噁不噁心也是很主觀的，我朋友不喜歡，所以就關我屁事。」羅允芝大聲回應，引來周圍的人的注意。

「妳這……」

「欸……」

不良學長動口快要加動手，但一旁的朋友提醒，已經引來了眾人的注意。

「算了，無聊，妳們什麼東西我還看不上勒。」跟女生爭辯實在太丟臉了，不良學長擺擺手便離開。

「羅允芝！」等他們一走，周思容立刻大喊。

「妳沒事吧？臉都發白了怎麼還不反駁？」

「我哪敢啊！我的天啊，妳太勇敢了！」周思容緊緊抱住她，「如果妳是男的，我就馬上嫁給妳！」

「那表示妳不夠喜歡我，否則無論我是男是女妳都應該要馬上嫁給我。」

「吼喔！不要再玩文字遊戲了。」周思容笑出來，「不過講眞的，妳一個女生有時候還是不要太出頭比較好，太危險了。」

怎麼剛才還誇獎自己，現在馬上又告誡自己了？

「我哪有出頭啊？我只是做我該做的事情。」

「我眞的很感動，也謝謝妳的幫忙，但我希望妳能多注意一點，剛才的學長那麼可怕，還有上次我們搭公車，有一群學姐插隊，妳還罵她們。」周思容嘟嘴，「那些學姐很生氣，說她們的朋友本來就有排隊，她們只是剛才暫時不在，妳還跟她們吵起來，說離開了就要重新排隊什麼的，我超怕妳被打的！」

「剛剛是那個學長的錯，上次也是學姐們的不對，我只是說了該說的話。」羅允芝哼了聲，「況且他才不會打我，如果他眞的打了，他就完蛋了。」

「被打很痛耶，要是不小心被打死了呢？」周思容想到就發抖。

「人沒有那麼容易死的啦。」羅允芝大笑出聲。

「允芝啊，妳眞的要愛惜生命一點。」周思容搖頭。

羅允芝並不是正義感強烈的人，只是當對方的行爲影響到自己的權利，她就會勇敢發聲。當然她也會怕壞人，但她認爲有些事情該做的還是得做，否則這個社會就會失衡。

「我知道了，但我想下次遇到一樣的事情，我還是會開口阻止的。」

「那妳去練跆拳道之類的吧，至少被打時還有能力反擊。」周思容給了這樣的建議。

「哼，就算不會跆拳道，我也會繼續勇敢發聲到老的。」羅允芝吐了吐舌頭。

「妳以後大概是那種前輩都不敢叫妳做額外工作的類型。但聽說年紀大了都會變得比較圓滑，不知道是不是眞的。」周思容說起她媽媽也是年輕時很嗆辣，現在變成和事佬類型。

「反正我是不會改變的，我會一輩子都跟現在一樣，明白自己要什麼，勇敢拒絕，勇敢發聲。」羅允芝對此很有自信。「所以就算出社會，我一定還是現在的自己。」

「那我也要一輩子都像現在一樣漂亮，然後跟帥哥談戀愛，不結婚不生小孩。」周思容也為未來許下願望。

當時的她們都堅信自己一定做得到，卻不知道漫長的歲月會改變很多事情。

有時候以為不會改變的原則與觀念，其實並不是真的不會改變，而是尚未遇到事情罷了，過於理想化自己的選擇，抑或是因為沒有寬廣的眼界，無法換位思考，才會堅信自己永遠不變。

❧

雖說楚煜函表明喜歡羅允芝，但除此之外，他也沒有太大動作的追求或頻繁地來找她。

頂多只是在學校巧遇時，楚煜函會目光一亮，立刻跑來她身邊問好，或是在女兒牆邊看見她在不同樓層時，會奮力揮手並跳躍，要羅允芝注意到他的存在。

也就僅僅如此而已。

這讓羅允芝都有點懷疑，楚煜函並不是真的喜歡自己。

倒是周思容履行了要接近唐恩的話，三天兩頭就跑去找唐恩聊天，唐恩似乎很介意周思容是她的好友，加上他才被拒絕沒多久，所以對周思容有些防備，不過也不會嚴厲地拒絕周思容的搭話，所以勉強還算有進展。

「學姐！學姐，妳還記得我嗎？」

當羅允芝踏進學校圖書館，櫃檯傳來了聲音，竟然是楚煜函坐在那。

「你怎麼會在這裡？」

「聽說學姐很常來圖書館，所以我來當志工，這樣就可以見到學姐啦。」他嬉皮笑臉地說，讓羅允芝皺起眉。

「我還以爲你不喜歡我了呢。」

「咦？學姐怎麼會這樣想？」楚煜函很是驚訝地問，卻還記得要壓低聲音。

「呃……不是，我也不是要你一定得喜歡我。」羅允芝抿了抿唇。自己怎麼會說出那句話？

「難道是因爲我太少去找學姐，所以才這樣想嗎？我怕太常過去學姐會很煩，而且學姐也有自己要做的事情，我想要給學姐沒有負擔的喜歡，難道我做錯了嗎？」楚煜函皺眉，懊惱地說，「那我從現在開始會更努力煩學姐的！請相信我的感情，我超級喜歡學姐的。」他認眞地說，眼眸熠熠發亮。

「呃，是也不用……」她苦笑了下，有點後悔自己爲何要提到這件事，便不再多說，轉身往書櫃的方向走去。

她挑選了幾本書，來到櫃檯拿出學生證借閱，楚煜函有模有樣地爲她刷了條碼，並把書交給她。

羅允芝原先已經做好楚煜函會說什麼令人彆扭的怪話的心理建設，沒想到他只是微笑著說：「祝學姐閱讀愉快。」

「謝謝。」

她拿起書離開，原先還因爲楚煜函說會盡力煩她而感到有些擔心，但看起來好像也還好。

不過，很快她就發現她錯了！

從那天以後，楚煜函幾乎每節下課都會過來教室報到。

「學姐！」

「學姐早安！」

「學姐，新發售的飲料妳喝過了嗎？」

「學姐，我今天也很喜歡妳喔！」

楚煜函喜歡羅允芝這件事情這幾乎要成爲學校的「名產」了，就連老師都知道一個新生很迷戀高二的優等生，原本以爲老師會阻止，但老師們似乎都樂見其成，或許是楚煜函的形象也很好，又或是他們認爲不過是小巧可愛的青春篇章，甚至還會對楚煜函說加油。

「羅允芝，沒想到妳養了一隻大狗。」

「羅允芝，所以唐恩出局了嗎？」

「他其實滿帥的耶，要是沒興趣，可以介紹給我嗎？」

「就接受他啊，很可愛耶。」

各種聲音充斥在羅允芝身邊，老實說，久了還眞的有點煩。

於是，羅允芝決定拒絕楚煜函，還給自己清靜的生活。

她再次來到圖書館，楚煜函一見到她就跳起來，背後彷彿出現尾巴般狂搖著，「學姐！」

羅允芝板著一張臉，把要還的書放到桌上。

「學姐，妳心情不好嗎？」楚煜函垂下耳朵，看起來像小可憐。

「學弟，你造成我的困擾了。」

「咦？」

「我不會喜歡你的，所以放棄吧。」羅允芝速戰速決，說完就轉身要離開，但是楚煜函連忙從櫃檯跑出來，擋住了羅允芝的去路。

「做什麼？」羅允芝皺眉。

「那個……學姐，妳來看一下這個。」

「啊？」羅允芝以爲聽錯了，這種時候還叫她看什麼？她才剛拒絕他耶。

但楚煜函眼神懇切，似乎還帶點哀求，羅允芝嘆了口氣點點頭，楚煜函立刻眉開眼笑，帶著她往前面的書櫃方向走。

繞過了一排書櫃，來到最後面的矮書櫃區，楚煜函停在其中一個櫃位前。「這裡，我查看了學姐所有借閱的書籍，找出了這些妳還沒看過、可能會喜歡的書。」

羅允芝簡直不敢相信，眼前的櫃子滿滿都是她預計會借閱、有些甚至是她沒發現圖書館已經進了的書籍，上頭竟還有個小牌子寫著「學姐專區」。

「你這是公器私用。」羅允芝撫過書脊，有些感動，但還是維持著面無表情。

「也不是，學姐可是圖書館的常客呢，我這是給常客的服務。」楚煜函睜眼說瞎話。

「你怎麼知道這些書我一定會喜歡？」

「我不是說了嗎？我去查看學姐的借閱記錄，知道學姐大概都看哪種類型的書籍……」

「我的意思是，那類型的書那麼多，你怎麼能準確抓到哪些書我有興趣？」羅允芝看著那些書，這些真的都是她的口袋名單。

「真的嗎？我真的抓到了學姐的口味嗎？太好了！」楚煜函雙手握拳，「我只是去看了學姐看過的每本書，然後再去查看同種類型的書的文案，去找尋比較類似的，然後再翻閱一下內容，覺得這些學姐一定有興趣。」

「你做了這麼多……你也喜歡看書？」

「不喜歡啊，我喜歡看漫畫，可惜圖書館漫畫好少。我也提議過要進一些漫畫，但是老師不同意……」楚煜函咕噥著。

慘了，不是有點感動，是超級感動。

這麼瑣碎的事情，他花了多少時間去做？

「那個，學姐，我知道妳不喜歡我。」楚煜函搓著手，有些尷尬地開口，「但是我很喜歡學姐，也打算繼續喜歡下去，我之前有點得意忘形了，接下來會收斂一點。」

「……」羅允芝看著前方的書，又看向一旁似垂下耳朵與尾巴的大狗，她有點心軟，可同時也認為不可以心軟。

「嗯，謝謝你選了這些書，但這樣有點假公濟私，還是撤掉吧。」

「學姐……」

「不過謝謝你做的這個清單，我會依序借閱的。」說完，羅允芝就抽起五本，往櫃檯走去。

「學姐！」楚煜函臉上又綻放了笑容，快樂地跳到了櫃檯，立刻幫羅允芝登記。

羅允芝覺得自己的心跳好快，頭也有點暈，看著楚煜函纖長的手指拿起書籍，在條碼上掃過紅外線，又看著那些書被他排列整齊後交給她的模樣，羅允芝開始覺得呼吸困難。

「謝謝。」她不去看楚煜函的臉，接過了書立刻離開。

而從那天起，楚煜函便如他所說，不再隨意出現在羅允芝身邊，就算在學校遇見，楚煜函都會馬上轉身離開，不和羅允芝打到照面。

「怎麼回事？妳拒絕他啦？」太過明顯的態度，周思容怎麼可能錯過八卦呢。

「對。」

「什麼啊！我以爲妳喜歡他，所以連大型犬也無法進入妳的心嗎？」周思容故作悲痛地說。

「無聊。那妳跟唐恩現在呢？」

「唐恩眞是孺子可教也，他最近會比較頻繁回覆我的訊息了。」她眨眨眼，一則訊息要三塊錢，唐恩會回覆的話表示也有些好感吧？

「看來談戀愛也很花錢呢。」羅允芝下結論。

「什麼談戀愛花錢，是從曖昧開始就很花錢。」周思容這位戀愛達人原來是有錢人呀。「不過，我有網內訊息免費三百則的優惠，所以只要動點腦，談戀愛也可以不花錢。」

「眞是佩服，妳要是把這種腦動到課業上的話，一定是第一名。」

「就說了，課業維持普通就好，人際關係才更是重點。」周思容眨眨眼，又拿起手機開始傳訊息。

雖然羅允芝想提醒她學校禁止攜帶手機，但是她也不是那種死板守著校規的無趣人。

她往學校的廣場看去，楚煜函正在樓下與朋友聊天，明明有些距離，可是羅允芝卻感覺能聽見楚煜函的聲音。

現在想想，她好像已經很久沒有聽見楚煜函的聲音了，可是在她腦海中卻還如此鮮明。

「妳在看什麼？」周思容湊上前。

「沒有。」羅允芝立刻站直身體，「我等等要去還書。」

「現在嗎？下課時間還有五分鐘，應該來得及。」周思容看了眼手錶。

羅允芝又偷看了一下廣場的楚煜函，「下一堂再去吧。」

「妳眞的很愛看書耶。」

對，她羅允芝是個愛看書的人，所以去圖書館是很正常的。

下一堂下課，羅允芝拿著兩本書往圖書館的方向走去。在拉開圖書館的門之前，她下意識地利用門上的反射檢查了下自己的頭髮，並稍微調整了一下呼吸，才推開了門。

她抬頭挺胸，優雅地走到了櫃檯，把書放在桌上。

「還書嗎？」一個女生的聲音傳來，羅允芝一愣，抬頭看了眼，是一個學姐。

這個時間正常都是楚煜函值班，怎麼會是別人？

「還有兩本書沒還喔。」學姐說。

「喔，好的。」羅允芝咬唇，把想問的話呑回喉嚨，離開了圖書館。

回家後，她用很快的速度看完了那本原本預計週末才要閱讀的書籍，隔天上學，馬上又拿去圖書館還。

這一次，一樣是昨天那位學姐在櫃檯。

「請問之前的男同學呢？」羅允芝並不是一個躊躇不決的人，有了疑問並不會拖太久。

「妳說一年級的學弟嗎？他沒做了喔。」學姐左右張望了下，低聲說：「不過，聽說學妹妳拒絕他了？」

「咦？」羅允芝一愣。

「別誤會，不是那位學弟到處講。不過他來應徵圖書館志工時，他的動機是說喜歡的學姐時常來圖書館，很可愛吧？」學姐說完笑了下，「他每一節下課都仰頭盼望妳的到來，妳如果沒來，他就像失落的大狗般垂著尾巴離開；妳若來了，他就會很興奮，不斷跟我們說妳有多可愛、多有學問，還偷偷弄了一個妳的專屬書櫃，眞是給我們找事做。」

「呃……抱歉，給你們添麻煩了。」羅允芝尷尬地道歉。不過，這是需要她來道歉的事情嗎？

「不會啦，只是覺得被他這麼喜歡，很幸福。」說完，學姐聳聳肩，「但也很有壓力就是了。」

「……」羅允芝看著桌上的書，這的確也是在那些專屬書櫃裡的書籍，而且不得不說，眞的很符合她的喜好。

「所以，當他忽然垂頭喪氣的說不做了，我們都知道是什麼原因。」學姐搖頭苦笑。

「呃……」

「不過，不喜歡他的話明確拒絕是對的！」學姐注意到羅允芝的表情，皺眉道：「但是……看妳這樣子，也不是眞的對他沒有感覺吧？」

「……謝謝，我先走了。」羅允芝頷首，離開了圖書館。

不知道爲什麼，心有一種酸酸的感覺。

難道她眞的喜歡楚煜函？怎麼可能？她對他的認識又不深，相處的時間也不長，怎麼會無緣無故喜歡上他？

在走回教室的路上，羅允芝越想越悶，接著她瞥見樓下的籃球場，楚煜函和朋友正激烈地打著籃球，旁邊還有女生在尖叫。

中場休息，場外一個女生拿了礦泉水給楚煜函，他理所當然地接過，並和對方熱烈地聊著天。

「過得很好啊……」

「嗨，允芝。」唐恩的聲音從後面傳來，「誰過得很好？」

「啊，沒什麼，我自言自語。」羅允芝趕緊轉身，扯了個微笑。

但唐恩已經看見下方的楚煜函，聰明的他快速聯想了下，微笑道：「他最近好像沒那麼常來找妳了。」

「我們又不同班，你怎麼會知道他不常來？」

「我們班的女生很愛傳八卦啊，況且周思容也會說。」唐恩提到周思容還有些尷尬。

「我知道周思容在追你，我覺得她很有眼光。」羅允芝也明白唐恩的尷尬，於是主動提起。

「我想她只是無聊而已，雖然被妳拒絕了，我也不想讓妳覺得我是一個容易喜歡下一個女生的人。」

「這有什麼？我都拒絕了，你想喜歡誰都是你的自由呀。」羅允芝真心不解，但說這句話時，想起了剛才的畫面。

她往下看，楚煜函還在跟那個女生說話，笑容不曾從臉上退去。

都拒絕了，要喜歡上誰都是他的自由。

可是，她的心卻酸酸的。

「是這樣沒錯，但是妳不希望學弟這樣對吧？」唐恩當然明白此刻羅允芝的目光在追尋著誰。

「你、你在說什麼？」被看穿的羅允芝很想否認，但看見唐恩堅定的眼神，她嘆口氣，說：「我也不知道爲什麼會這樣。」

「因爲妳喜歡他吧。」

「我不懂，我跟他沒有太多接觸，也沒有過多認識，怎麼可能就這樣喜歡他？」

「喜歡是沒有理由的啊，就好比……我第一次見到妳，就喜歡妳了。啊，但是被拒絕後我就放棄了啦，妳不用擔心。」

唐恩這麼說，羅允芝更不懂了。

喜歡這件事情，是在被拒絕後就可以放棄的嗎？

那喜歡這種心情不就是可以控制的？如果可以控制的話，那為什麼不能控制自己不要喜歡上對方呢？

「看妳的表情，妳在想很難的事情吧？我覺得不要想得那麼複雜，很多事情是沒有答案的，又不是教科書，所以我覺得就順著自己的心走吧。」唐恩說完摸了一下口袋，拿出手機看了下螢幕。

「沒想到優等生也會偷帶手機。」羅允芝一笑，「是周思容？」

「嗯……」唐恩揚起嘴角。

在這一瞬，羅允芝忽然明白，為什麼當時唐恩會說自己日後會喜歡上楚煜函。或許在某個時刻，當她看著楚煜函時，就是露出跟此刻的唐恩一樣的表情吧。

「你未來應該會喜歡上周思容吧。」羅允芝笑道。

「呃，是嗎？但是她……應該不會喜歡我吧？」唐恩沒有自信。

「爲什麼這麼講？她現在不就在追求你嗎？」

「是因爲新鮮吧，畢竟她過去交往的對象都是屬於外放型，我就是一個只會讀書的人，興趣很平凡，生活也不有趣，要是未來某天我回應她了，或許她也就沒興趣了。」

「沒想到你是會這樣想的人，你明明很聰明，但這件事情卻想錯了。」羅允芝歪頭看著唐恩，「周思容每場戀愛都很認眞，她不會抱著玩玩的心態接近你的。」

聽到羅允芝這麼說，唐恩笑了。

這樣的笑容，眞想讓周思容看看。

不過仔細想想，周思容還眞有魅力，居然透過聊天攻勢就讓唐恩陷入，她還眞是戀愛高手呢。

第六章

羅允芝覺得既然自己的心情近似喜歡了，她也不會猶豫，人生跟課本不一樣，沒有標準答案，人生的答案要靠自己找尋。

羅允芝是個追求答案的人，於是隔天第一節下課，她便直接前往一年一班。

「學姐，妳怎麼會過來？」班上的學弟妹一見到她，便開始竊竊私語，甚至還有人發出歡呼聲。

「我找……」

「學姐一定是來找楚煜函的啊！」

「就知道楚煜函有機會！」

「那他之前還要死不活的。」

班上的學生大聲八卦，雖然有點令人困擾，但她不會因爲這點小事就退縮。

「但是楚煜函今天請假。」一個女生回答。

羅允芝認出這就是之前在球場和楚煜函狀似親密的那個學妹。

「好，我知道了，謝謝。」

羅允芝轉身就要走，學妹卻叫住他。

「等等，學姐，請問妳找楚煜函有什麼事情嗎？」

眼前的學妹似乎有上淡淡的腮紅，就連護唇膏也是有顏色的，這根本是偷吃步，因爲學校禁止化妝。

「有什麼事情需要跟妳講嗎？」羅允芝直接回，這讓其他學弟妹露出看好戲的表情。

「啊，也不是……」學妹沒想到羅允芝會直接回嗆，還以爲學姐會退縮，碰釘子的她只能咬唇笑了笑。「我只是問一下，想說可以幫妳轉達。」

「不用了，我自己跟他說。」羅允芝頭也不回地離開。

她身後傳來了學弟妹的起鬨聲，雖然聽不是很清楚，但大概可以知道那個學妹的確喜歡楚煜函，大家在爲了她勇敢面對學姐而讚賞，同時也對學姐的正面迎擊感到興奮。

這一刻，羅允芝覺得自己的胃有點痛。要是楚煜函跟唐恩一樣，被拒絕了就馬上放棄喜歡，甚至已經準備好進入下一段戀情了呢？

但她又有什麼資格要求被拒絕的人繼續喜歡自己？那也太自私又自大了吧。仔細想想，她根本沒有任何與楚煜函聯繫的方式，不知道他住哪，也不知道他的無名帳號、不知道他的電話號碼……什麼都不知道。

回到教室後，羅允芝越想越懊惱，為什麼自己不能早一點察覺呢？

「怎麼了？愁眉苦臉的。」周思容放下手機，來到鬱鬱寡歡的羅允芝身邊。

「我好像在唐恩的提點下才知道自己似乎是喜歡楚煜函。」

周思容瞪大了眼，「妳還眞是喜歡平靜地說出勁爆宣言。」

「我不拐彎抹角的，要是覺得有的話就會去查證，要是確定眞的如此就會承認。」

看著羅允芝表情堅定的側臉，周思容淺笑，伸手拍了拍她的肩膀，「眞是不錯呀，像妳這樣的個性，我有時候很羨慕呢。」

「妳羨慕我？爲什麼？」羅允芝眞心疑問，畢竟周思容一直以來也是很清楚自己要什麼，並且勇於追求的類型。

「因爲妳總是無所畏懼，無論是得到或失去，妳都不會害怕，堅定地走每一步，然後把失敗化爲經驗，下一次更加努力。」

「人不是都這樣的嗎？妳也是呀。」

羅允芝說的話讓周思容笑出聲。

「哈哈，我可沒有，我其實很膽小也很容易害怕。」周思容抿了抿嘴，「雖然我一直說成績不是很重要，但其實說不定那只是我給自己成績不好的安慰，我也會擔心未來考不上好大學，找不到好的工作。」

「什麼是好？什麼是不好呢？」羅允芝認眞提問。

「不就是前幾名的大學，前幾名的企業，薪水又高這樣嗎？」周思容覺得她的問題很怪。

羅允芝只是皺眉。「我覺得沒有什麼叫好跟不好，人生的際遇都是自己的，無論是哪條路，走上了就是自己最好的路，條條大路通羅馬呀！」

這話讓周思容目瞪口呆，「我沒想到妳會這樣說。」

「什麼意思？」

「因爲像妳這樣的資優生，我還以爲妳會回答第一志願啦、一流企業之類的。」周思容聳肩，「但妳也只是說說吧？因爲依照妳的成績，未來一定也是一流大學跟一流企業。」

「不可否認家人確實有那樣的期待，但我小時候的志願是當電梯小姐。」

「啊？妳是說百貨公司的電梯小姐嗎？」

「嗯。」

她記得小時候第一次去百貨公司時，在人潮擁擠的電梯中，一個穿著漂亮制服的大姐姐腳踩跟鞋，戴著可愛的小禮帽，戴著白色蕾絲手套的手指彷彿翩然的蝴蝶在電梯按鍵上移動。

她的存在彷彿給了這擁擠的電梯注入新鮮的空氣，小小的羅允芝當時覺得好像看見了公主。

從此，她每次去百貨公司，都一定會多看電梯小姐好幾眼，看她們面帶微笑恬靜地站在那，用優雅的手勢帶領客人去各個樓層。

「因爲漂亮所以就想成爲電梯小姐？」周思容震驚。

「是啊，妳不覺得她們很有氣質、很美嗎？」羅允芝理直氣壯，「不過現在電梯小姐好像越來越少了，說不定等我出社會已經絕跡，沒辦法當了。」

「我以爲妳是開玩笑的，原來是眞的。」周思容不敢置信。「而且我都不知道妳對『打扮』有興趣。」

「還是會啊。」羅允芝想起方才的學妹，帶點淡妝又在頭髮上做小造型，看起來就是很會打理自己的女生。

雖然她不認爲自己的外型有什麼缺失，但她樸素沒有裝扮，一想到楚煜函的身邊有這麼可愛的女生，她的胃就一陣絞痛。

「早說！我也可以幫妳打扮呀。」

「喔，我想我們的風格不同。」周思容的妝扮非常前衛又大膽，羅允芝可不想嘗試。

「好失禮！但我擅長的妝的確不適合放在妳臉上。」周思容氣餒，忽然又靈機一動，「對了，妳可以找百貨公司的櫃姐幫妳試妝呀！」

「但專櫃那麼貴，我又不會買，請她們幫我化妝不是很失禮嗎？」

「不會啦，總要試試看才知道自己適合什麼，也才有機會買呀。而且櫃姐比我更專業，一定可以畫出適合妳的妝容！」

「改天我和媽媽去逛百貨公司時再試看看。」畢竟有大人陪同，或許比較有機會買。

「不過，妳忽然想變美，該不會是因為有喜歡的人的關係吧？」

「我才沒有。」羅允芝雖這麼回答，但是表情多少出賣了她。

「哈哈，果然！既然妳明白自己的心情了，那就不要猶豫了。」

「嗯。」羅允芝雖然對自己的心情還是有些疑惑，畢竟這樣就喜歡一個人實在太難說服自己，可是如果喜歡是沒有理由也沒有道理的話，或許這就是印證了「不由自主」。

放學時，羅允芝思索著隔天見到楚煜函要怎麼告訴他這件事，劈頭就問「你還喜歡我嗎？」也很奇怪，一個不小心弄巧成拙的話……要是楚煜函已經不喜歡自己了，那她的「告白」就會被拒絕了吧？

一想到這裡，羅允芝停下腳步。

奇怪，怎麼忽然覺得舉步艱難？

她不是沒有失敗過，也不害怕失敗，就如周思容所說，所有失敗的經驗都可以化成下次成功的基石。

可是一想到總是笑臉迎人的楚煜函若是對自己露出了冰冷的表情……要是他親口說出「我已經不喜歡妳了」呢？

忽地，她覺得眼前一黑，甚至有些呼吸困難，害怕著告白得到否定的答案。

她生平第一次對自己要做的事情產生了疑問：她需要主動告白嗎？還是先確認楚煜函的態度，再考慮要不要說呢？

「我也會感到害怕嗎？」羅允芝自嘲地笑了笑，她曾經覺得戀愛是不重要的事情，沒想到有一天會因爲這「不重要的小事」感到恐懼。

「喵喵！」

貓咪淒厲的叫聲喚回了羅允芝的注意力，她找尋聲音來源，結果在巷子裡發現兩個小朋友正在欺負貓咪。

「喂，小朋友！你們在做什麼？」羅允芝立刻出聲，原先抓著野貓尾巴的小孩嚇了一跳鬆開手，野貓立刻逃走。

「啊，跑走了……」另一個看起來比較大的男生說：「喂，大姐，妳很多事耶。」

羅允芝傻眼，她的年紀是該被叫大姐嗎？眼前的男生頂多小學五六年級，另一個大概三年級吧，不是不懂事的年紀了，居然在欺負貓咪。

「你們知道不能欺負動物嗎？」

「爲什麼？誰說的？」六年級的男生回。

「反正就是不能欺負，懶得跟你說。」貓已經獲救，她不需要跟這兩個小鬼浪費唇舌，所以她轉身就要走。

「爸爸！有人欺負我們！」誰知道那個大孩子忽然大喊，旁邊的商店馬上跑出兩個有刺青的壯漢。

「是怎樣？」其中一個雙手叉腰，氣憤地想找欺負自己兒子的混混，卻只見到羅允芝一個少女，頓時還有些愣住。

「爸爸，就是這個大姐欺負我！」小六的男生馬上抓住爸爸的衣角，另外一個弟弟也去抓住另一個男人。

兩個壯漢面面相覷，其中一個開口：「妹妹，確認一下，妳欺負他們嗎？」

羅允芝搖頭，「我沒有，是他們在欺負貓，我出聲阻止而已。」

「我們才沒有欺負貓咪！」

「對、對啊！」

兩個小男孩極力否認，但壯漢爸爸互看一眼，其實多少也明白自家孩子的習性，嘆口氣後說：「誤會一場。」

說完，他們就要帶著小孩回到店裡，但是羅允芝出聲道：「他們欺負小動物，要麻煩你們好好教育他們不能做這種事情。」

其中一個爸爸不滿被教育，露出了不耐煩的神情，「我們自己的孩子會自己管教。」

「我說他們欺負貓，你們馬上就相信我說的，表示這不是第一次，既然不是第一次，就表示他們沒有受到你們所謂的『管教』，所以我才會提醒你們。」

「欸，妹妹，妳講話很囂張喔。」男人不滿，朝羅允芝走去。

羅允芝站直身體，毫不畏懼地看著男人。

「哎喲，好了……」另一個爸爸想阻止。

忽地，一個身影跳到了羅允芝面前。

「小朋友年紀小，不懂事難免，爸爸們照顧孩子也很辛苦，下次注意就好。」

穿著便服的楚煜函笑著說，轉過身拉起羅允芝的手，「媽媽在等我們，快點回家吧。」說完就馬上往反方向跑去，所有人都來不及反應。

楚煜函一路往前奔跑，絲毫沒有慢下速度，像是被什麼人追殺一樣。

「等、等一下！」終於跑到一處寬廣的人行道，楚煜函稍緩了腳步，羅允芝才有空檔發聲。

「他們、他們應該沒有追來了吧？」楚煜函心有餘悸地回頭張望，猛地抓住了羅允芝的肩膀，「學姐！剛才實在是太危險了。」

「什、什麼？」羅允芝都還來不及喘氣呢。

「那兩個人看起來那麼恐怖，學姐爲什麼還硬要跟他們爭論？」

「我哪有爭論！我只是就事論事，跟他們講道理。」

「學姐說一次就已經夠了，說第二次就太多餘了！」

羅允芝有些生氣，「什麼叫作多餘？難道說正確的話是多餘嗎？」

「我不是那個意思，我當然覺得學姐很勇敢也很佩服，可是妳要懂得保護自己啊！」楚煜函抓住羅允芝的手腕，她這才發現他的手竟然在顫抖，「我眞的是要嚇死了，要是他們動手呢？」

「……他們不會動手。」

「誰知道呢！我希望學姐保護自己。」楚煜函認真地說。

明明他和周思容說著差不多的話，可是她卻沒辦法像反駁周思容那樣反駁他。

「……如果是你看見一樣的狀況，你會出手幫忙嗎？」

「當然會制止他們欺負小動物，但是可能看見他們的爸爸出來後會嚇到。」楚煜函老實說。

「那你會道歉嗎？」

「為什麼要道歉？當然不會道歉，但我把事情告訴他們父母，就不會再多說什麼了。我很怕打架，感覺很痛，我也不想受傷。」楚煜函雖這麼說，卻讓羅允芝的嘴角微揚。

害怕是人之常情，沒有人喜歡皮肉痛，可即便如此，楚煜函還是跑出來保護自己，這讓她感覺備受重視。

雖然一直覺得他就像隻憨厚又親人的大狗，可他方才擋在自己面前，讓她感覺到十足的安全與安心。

「你今天怎麼沒去學校上課？」

「因為我妹今天生病，爸媽又沒辦法請假，所以就請我在家照顧，我出來買個點心正要回去……」他搖晃了一下手上的塑膠袋，忽然瞪圓了眼，「妳怎麼知道我今天請假？」

「我有去你班上找你。」

楚煜函聽到她這麼說很是訝異，「學姐來找我嗎？怎麼了？啊，難道我又做了什麼讓學姐感到困擾了嗎？」

「你的確讓我困擾。」羅允芝覺得口乾舌燥，同時也有點恐懼。她無法克制自己有些顫抖的手，就連舌頭彷彿都不受控制，要講出清晰的字句變得好難。「之前跟前跟後，每節下課都跑來，連圖書館也入侵，我走到哪都能看見你，眞是令人困擾。」

「對、對不起啊學姐，所以我在妳拒絕之後就……」

「我拒絕你之後，人馬上消失不見，連圖書館也消失，在學校遇見也馬上跑走，好像我是什麼避之唯恐不及的病毒。之前每天都看得見，現在卻怎樣都見不到你，而且還老是對身邊漂亮的女生微笑……令我覺得很困擾。」

「咦？學姐，我不是很聰明，妳這樣講會讓我覺得……」楚煜函不是很確定地抓抓頭，耳根子都紅了，「我常常看到妳跟唐恩學長站在一起，覺得你們好相配，成績都很好也很優秀，我一定比不上唐恩學長，我還以爲你們……」

「什麼？我已經拒絕唐恩了，而且唐恩現在跟周思容關係不錯……」羅允芝咬著唇，覺得有點委屈。

「是這樣嗎？原來是這樣啊！」楚煜函大喜過望。

見到他這模樣，羅允芝不禁覺得有了希望，她顫抖著開口：「所以你還喜歡我嗎？」

「我一直都很喜歡學姐呀！」楚煜函沒有猶豫，「但是因爲造成學姐的困擾，所以我才會躲起來，遠遠喜歡著學姐。」他又偷看了羅允芝一眼，見到她紅紅的臉，決定大膽地問：「所以學姐，如果我現在不喜歡妳了，妳會困擾嗎？」

「會。」羅允芝堅定地說。

這讓楚煜函先是大驚，接著綻開了笑容。

「學姐，我會一直一直喜歡妳的！」他張開了雙臂，羅允芝還沒來得及確定他的意思，楚煜函已經上前將她抱個滿懷。

羅允芝被楚煜函擁在懷中，先是聞到了屬於他的味道，那像是青草又像是樹木，接著是他的溫度，如大型犬般溫暖。

她輕輕地閉上眼，伸手回抱了楚煜函。

「喜歡」這種情感還眞是來得突然又莫名呢。要說具體是在哪時喜歡上他，爲什麼喜歡的是他而不是其他人，完全找不到理由。

或許人與人之間有條看不見的線在牽引著，在時間與地點都契合的當下，那兩條線便會合而爲一，使兩個人在短時間內瞬間靠近，彷彿已認識了好久好久。

也許是楚煜函的情感外放，也有可能是羅允芝的個性使然，兩個人交往的事情並沒有想要隱瞞，很快傳遍了全校。

一個學弟居然能夠在短短時間追到資優生羅允芝這件事情讓很多人震驚，但羅允芝身邊親近的朋友倒不意外。

「你讓我們都燃起希望了！」

「沒有摘不下的花，只有不夠多的勇氣！」楚煜函甚至這樣精神喊話。

許多男同學一夕之間把楚煜函當作神，開始模仿他大膽又直接的告白方式，希望能夠獲得心上人的青睞。當然，對於某一部分的人來說是很有效的，可是這種方式也很冒險，畢竟分寸沒有拿捏好很容易招致反感，反而得不償失。

不少女生對於追求者過於熱烈的告白感到困擾，還一起去找楚煜函請願，希望他能夠勸勸男生們別用這樣的方式追求。

楚煜函拗不過女生們的請求，加上她們看起來眞的不堪其擾，楚煜函只得利用中午吃飯的學生廣播時間，對全校喊話。

「大家好，我是一年一班的楚煜函，我就開門見山了。最近很多人比照我的方式追求心上人，幾家歡樂幾家愁，但要奉勸各位男士一句，這種外放的追求是很危險的，首先得要女生也對你有點好感才行，否則就只是個變態的騷擾犯。允芝學姐是因為本來就喜歡我喜歡到不行了，所以我的追求才會成功，這招不是人人都可以用的，請大家要三思啊！」

全班同學朝羅允芝看來，她握著湯匙的手顫抖，另一手則是握拳，低著頭咬牙切齒。

「冷靜、冷靜，是妳的男友，妳自己選的，別衝動！」周思容在旁邊提醒，羅允芝抬頭露出微笑。

廣播已經結束，班上同學開始竊笑。

「我等會一定揍死他。」羅允芝笑著說。

「我是覺得很可愛啦，公然放閃耶，也是對全部的男生宣告羅允芝是他的！沒想到他的佔有欲會這麼強烈。」周思容豎起拇指，讚賞楚煜函的勇氣。

「不管怎樣，我就是要揍他。」羅允芝十分認眞。

「學姐！妳聽到我剛才的宣言了嗎？」

楚煜函這個不怕死的，人家還沒去找他，就自己先跑來。

他站在窗戶邊開心地揮手，班上的同學鼓掌歡呼，爲這位烈士掬一把同情淚。

「你眞的是！不知道什麼可以講、什麼不能講嗎？」羅允芝雙手環胸，來到窗邊看著一臉無辜的楚煜函。

「我有說錯嗎？難道學姐不喜歡我嗎？」他無辜地睜大眼，看起來就像委屈的大狗，讓羅允芝不忍繼續苛責。

「你眞的是……」同樣一句話，隨著語調不同，氣氛也不同了。

「我想讓大家都知道我們在一起，想讓大家都知道我們互相喜歡呀。」楚煜函不害臊地說，讓羅允芝的臉泛紅。

「好了喔，你們又在無意識放閃了。」周思容出聲提醒，班上的同學搖搖頭。

羅允芝有些不好意思，但是看著楚煜函自豪的表情，她也忍不住笑了。原來談著備受祝福的感情是這種感覺。

兩個人的交往當然老師們也都知情，有些年輕老師甚至還會公然稱讚楚煜函的勇敢與好眼光。或許是綜合許多因素下來，他們的交往帶給學校都是好的改變，所以老師們也十分祝福。

羅允芝第一次交男友，也沒有打算隱瞞家人，媽媽很是驚訝，原先以為女兒只會死讀書，沒想到還談起戀愛了，爸爸則無法承受打擊，連續一個禮拜都晚上九點上床睡覺。

楚煜函則說他爸媽沒有任何反應，好像楚煜函只是跟他們說肚子餓了一樣稀鬆平常。

「我明明是第一次交女朋友，我爸媽的反應是不是太冷淡了？更別說我妹了，她說什麼『我賭不會超過一個月』，看我還不把她冰在冰箱裡的布丁吃光。」

「是不是男女有別？你爸媽的反應也太平淡了。」羅允芝笑著說，「不過為什麼你妹會說不超過一個月？難道你以前……」

楚煜函慌了，趕緊解釋：「學姐是我第一個女朋友！我也從來沒有和其他人曖昧過！相信我，我很專情又純情的！」

見到他緊張成那樣，羅允芝噗哧一聲笑出來，「知道了啦，我也是開玩笑的。」

「學姐不要嚇我，我很怕被妳誤會我很花心。」楚煜函撥了一下頭髮，「雖然我長得像偶像明星，但我其實非常純潔的。」

「這種話自己說就沒有可信度了。」羅允芝冷哼。

「那、那我要怎麼證明呢？對了，找我的朋友！我國中時的朋友都可以證明！」楚煜函慌了。

「你的朋友一定幫你說話的呀。」

「那、那不然……我發誓呢？我眞的此生只愛學姐一個人，非學姐不娶！」

「欸欸，我們才交往沒多久，你這樣講壓力好大，而且那麼久以後的事情，現在這樣說聽起來更沒有誠意。」羅允芝些微臉紅。這個人怎麼回事呀，怎麼會順理成章的求婚？

「什麼！學姐難道都沒有想像過我們的未來嗎？」楚煜函訝異，露出難過的神情，「學姐會早我一年畢業，到花花世界的大學去我已經很難過了，就算我們考上同一間大學，學姐也會先畢業。學姐永遠都走在我前面，我一直很擔心自己跟不上妳，會被妳拋棄。」

「你怎麼會那樣想？」羅允芝覺得此刻的他十分可愛。

「因爲就是這樣呀！所以我一直好擔心未來，也好希望快點長大，可以和學姐每天都在一起，一畢業就結婚。」

「畢業就結婚，哪來的經濟能力呀？」羅允芝失笑。這種沒建設性又不夠實際的浪漫話語，意外的她居然不討厭。

「我一定會很努力很努力的，所以請學姐要停下腳步等等我。」楚煜函緊緊抱住她，那懇求的眞切語氣讓羅允芝有些濕了眼眶。

沒想到會有一個人如此在意自己的情緒與想法，把自己放在了他的世界中心，圍繞著她轉。

「我一定會等你的，我們一起往前走吧。」羅允芝眞心地說。

「那預防萬一，我想先問問學姐，對未來的職業有什麼想法嗎？」

「職業？」

「嗯，要是我們連工作都可以一起的話，那就太幸福了。」楚煜函黏人的程度不是一般。

羅允芝忽然想起之前和周思容討論的內容，提到了電梯小姐以及百貨公司的櫃姐，於是便脫口而出：「櫃姐……」

「啊？百貨公司的櫃姐嗎？」

「呃，也不是櫃姐啦。」

「那是什麼？」

「做讓人變美麗的工作好像也很不錯。」

「學姐，我聽不懂。」楚煜函皺眉，「但變美麗的工作是吧？」

「或許吧。」羅允芝笑了笑。那麼久遠的未來，她哪會知道呢？

「有個比較近的未來要先跟你說，就是我爸請你來家裡吃飯。」

楚煜函驚得瞪大眼，「什麼？」

「這個週六中午，到我們家一起吃飯，你有空嗎？」

「等一下，才說交男友的事情讓學姐的爸爸震驚到連續一個禮拜都超早睡，現在邀請我過去，妳確定我不會被做成料理嗎？」楚煜函真心害怕。

「放心，有我媽在，我爸不會怎樣的。」

羅允芝認真的表情讓楚煜函更擔心了。

「意思是阿姨不在，我就有可能變成料理……」

但是女朋友的家長邀約，不去的話就太失禮了，所以他點頭答應，但內心已經看淡生死。

週六，他準時出現在羅允芝家門前，手上的禮盒是出門前父母見他穿得稍微正式，便詢問是要去哪，才知道他居然要到女朋友家拜訪，趕緊一同出門買了個禮盒要他帶去。

「沒想到哥哥你這麼認眞耶。」沒禮貌的妹妹說。

「別失禮啊，要有禮貌知道嗎？」爸媽不斷叮嚀。

「初戀大家才會緊張，戀愛談多次就沒人在乎了。」姐姐則是這麼說。

本來就很緊張的楚煜函被家人弄得更緊張了。

他感覺自己快要暈倒了，就連呼吸都逐漸不順，但是不能遲到，所以他看著手錶秒針抵達整點時，按下了電鈴。

「你好準時。」羅允芝打開了門，看見穿著襯衫與長褲的楚煜函忍不住笑了出來，「你怎麼穿這樣？」

「拜訪女方父母不是應該要穿正式一點嗎？」楚煜函感覺自己聲音都在抖。

「哈哈，拜訪父母是嗎？」羅允芝大笑，聽見女兒在玄關大笑的聲音，羅爸、羅媽都跑出來看。

就見羅允芝正帶著笑容與門口的男生說話，不是第一次看見她笑，卻是第一次看見她的眼神充滿愛意，羅爸、羅媽互看一眼，感覺女兒又長大了一些，離他們遠了一些，不由得有點感慨。

「允芝呀，還不請朋友進來？」羅媽先行開口，羅允芝才趕緊讓楚煜函進門。

「叔叔、阿姨你們好！今天打擾了，這是要送給你們的！」楚煜函緊張到聲音變超大，還九十度鞠躬雙手遞出禮物，這一切都讓羅爸、羅媽覺得青澀到可愛。

「你別這麼緊張，放輕鬆一點。」羅媽笑了出來，伸手接過禮物，「人來就好了，還帶什麼禮物呀！」

「這、這是一定要的，謝謝今天邀請我過來。」楚煜函緊張到不行，他抬起頭看了羅爸一眼，發現對方正盯著自己，這讓他覺得有些想吐。

「爸，你不要盯著人家看啦。」羅允芝提醒，羅爸才搖搖頭轉身。

原本想給女兒第一個男友下馬威，結果看到對方緊張成這樣，羅爸想起第一次見羅媽的父母時也是如此，就不好意思爲難小朋友了。

大家度過了愉快的午餐時光，或許只有羅家人覺得愉快，楚煜函可是緊張到胃痛了。

吃完飯，兩人來到羅允芝的房間，羅爸還不忘提醒門要開著，羅允芝微翻白眼，就帶著楚煜函來到她的房間。

「我第一次進來女生的房間，除了我妹和我姐，但她們不能算是女生。」因爲緊張太久，現在忽然放鬆下來，楚煜函整個人都鬆軟了，直接坐到了地上。

「你們家是女子宿舍啊。」

「對啊，你不知道身爲家中唯一的男生很可憐嗎？我都被她們欺負。」楚煜函抱怨。

「我還以爲是備受疼愛呢。」

「不不不，她們讓我知道女生有多恐怖，這大概也是我一直沒有交女朋友的緣故。」

「那你爲什麼會選擇跟我交往？看你這麼直接的追求方式，我還以爲你交過不少女朋友，也去過不少女生房間。」羅允芝說出最令她感到不解的地方。

「我雖然很帥氣，但我可是很自愛的！我不會隨便去女同學家，也不會和不喜歡的人交往。」楚煜函說的話聽起來很自大，不過他的臉頰卻微微泛紅，「我第一眼見到學姐，就覺得不是這個人的話我不要。」

羅允芝也跟著臉紅，「所以你是說一見鍾情？就因爲這樣嗎？」

「一見鍾情只是最一開始！妳在講台上閃閃發亮的制止我，還講了超酷的話，讓我覺得妳很帥。越是跟學姐聊天相處，就越喜歡學姐的一切，無論好的壞的我都喜歡，當然，學姐沒有壞的地方，學姐的一切都很完美。」

「我一點也不完美。」

「我覺得學姐很完美啊！」

「沒有人是完美的。如果你覺得我是完美的，那某天我出現了一絲絲不完美，或許你對我的喜歡就會瞬間消失。」

「我的喜歡絕對不會消失的，除非學姐提出要分手，否則我是絕對不會分手的。」

她莞爾，坐到了楚煜函的身邊。雖然楚煜函的話太過理想與不切實際，但聽到這樣的話，羅允芝還是挺高興的。

「之前你問我未來想做什麼，我其實沒有任何想法。我沒有夢想也沒有目標，只是按部就班做著現階段最好的選擇。」

「原來是這樣。我一直以來都覺得學姐妳很酷呢，對什麼事情都有自己的原則，確定了就會勇往直前，不會拖泥帶水。雖然這樣也可以說是有勇無謀、固執己見……」

「喂。」

「但即使是這樣我也很喜歡學姐。」楚煜函側頭看向她，露出了溫暖的笑容，「所以我不是亂講的喔，無論學姐是哪種模樣，我都喜歡。」

「這樣是溺愛吧？」

「也可以說是寵愛。」楚煜函的手自然地搭上了羅允芝的肩膀，下一秒馬上抽回，「對不起，學姐，我不是故意……」

「沒關係。」羅允芝的臉再度微微泛紅，「我們是男女朋友。」

「……是沒錯啦。」楚煜函抓著鼻子，內心澎湃，「不過可能還是要看一下地點……」

畢竟，羅爸可是在客廳豎起耳朵認真傾聽呢。

羅允芝笑了出來，輕聲說：「那下次，我們自己去玩吧。」

「好！」楚煜函秒答應，用力點頭，開心到不行。

然而即使如此甜蜜，最後兩人還是走上了分手一途。

他們不是不愛了，也不是誰背叛了誰。

就只是很普通地，每對情侶都會遇到的，升上大學後因爲生活圈不同了，距離也是其中一個問題，作息時間都不同，最後在考試的壓力與不信任種種因素疊加之下，楚煜函提出了分手。

曾經，他說過他不會先提分手的，但最後是他提了。

意氣用事的羅允芝同意了，過沒多久，她也和同所大學的學長交往了。

兩個人的世界從此變成平行線，好久好久以後，才又重新聯繫上。

楚煜函好像還是以前的楚煜函，樂觀開朗，總是說出讓人不知如何反應的話。

但是她卻不是以前的羅允芝了，她變成了隨波逐流，不敢爲自己發聲、也不敢爲他人發聲的，普通的女人。

普通的生活著。

第七章

「楚煜函。」

這個名字再次從她口中說出來，竟然也過了十多年，簡單的三個字，卻像是穿越了時空。

「學姐！」楚煜函嚇了一跳，轉過頭，馬上站起來，「好久不見。」

「是啊，好久不見。」羅允芝有些尷尬地抓了下自己的頭髮，再將頭髮勾到耳後，接著揚起一個微笑。

「坐呀，學姐。」

「謝謝。」羅允芝走到他對面的位子坐下。怎麼辦，自己的表情有沒有怪怪的？十多年過去了，她的年齡也增長了不少，楚煜函會不會覺得自己老了？

她瞄了一下楚煜函。真不公平呀，怎麼歲月在他臉上好像沒有留下痕跡？反而襯托了他的成熟與知性。

「學姐都沒有變呢。」

楚煜函的話讓羅允芝莞爾一笑。

「好了，就別誇我了。我都三十多歲了，已經不年輕了。」

「是真的，我覺得學姐跟我想像得一模一樣呢。」

楚煜函跟以前一樣，點了青醬海鮮義大利麵，而羅允芝則猶豫了一下，選擇了焗烤燉飯。

「我以為學姐會點茄汁海鮮，以前妳都點這個。」楚煜函故意搖頭，「果然時間過去太久，大家都變了。」

「……因為我後來吃番茄有點過敏，所以就……」

「過敏？怎麼會突然這樣？」

「我也不知道，或許是年紀大了吧，現在曬太陽皮膚也會過敏。」羅允芝說得心虛，好像自己真的變成了什麼老人一樣。

「雖然學姐的外表看起來一點也不老，不過我們都三十多歲了，我現在十二點前一定要躺平，完全不能熬夜。」楚煜函誇張地說，「不然感覺心臟都要停了。」

羅允芝知道他這麼說是爲了讓自己感覺好過些，還眞是一點都沒變，依舊這麼貼心。

「你現在的工作是什麼？」

「我不是說過是櫃哥嗎？」

「少來了，哪有櫃哥需要到臺北出差的！」羅允芝可不笨，「到底是什麼？」

「哈哈，學姐好聰明！的確不是櫃哥，但勉強也算是。」楚煜函從皮夾拿出了名片，「我現在是專櫃的彩妝師，主要在新竹，但臺北活動比較多，所以公司很常派我來臺北。」

羅允芝簡直不敢相信，「彩妝師不是都gay在當嗎？」

「哎喲，這是偏見！」楚煜函故意嘟起嘴，「不過我的同事的確很多是gay。」

「怎麼……你……」羅允芝一時不知該怎麼說比較好，「你是因爲我們曾經說過要做讓人變漂亮的工作嗎……」

「算是吧，但後來也是眞的有了興趣。」楚煜函聳了聳肩。

「結果你達成了，我卻沒有……天啊，好丟臉喔。」

「怎麼會！學姐現在不是在賣房子嗎？房子換新屋主，也是讓房子變漂亮啊。」

「你好會說話。但我不是賣房子，我只是行政助理。」

「一樣啦！都是賣房子。」楚煜函說完大笑幾聲。「我一開始還在想到底有什麼是讓人變漂亮的工作，我大學念的可是電機，和變漂亮完全沾不上邊，但後來跟彩妝系的同學聯誼，還當她們的模特兒，這啓發了我，大二下學期決定要轉系，因此鬧了一場家庭革命。」

「你爸媽那麼開明，怎麼可能會家庭革命？」

「學姐還記得我爸媽呀，哈哈哈，對啦，我開玩笑的。無論我做什麼事情，他們都很支持我，但是我姐和我妹無論我做什麼都唱衰我。」

楚煜函眞的一點也沒變，看著他的笑容，羅允芝彷彿回到學生時代，總是無憂無慮，與他相處總是那麼輕鬆愉快。

「那學姐呢？大學過得怎麼樣？」楚煜函問。

這問題讓羅允芝的心有些隱隱作痛。

他們明明這麼熟悉，可是對彼此大學時代的過往都不清楚，因爲當時兩人都刻意不去在乎對方。

「我大學念的也不是和人變漂亮有關的科系，是企業管理，很無聊，我念得不錯，可是我對這個一點興趣也沒有。」羅允芝抿抿唇，「原本面試的是人資，但入職後因為行政忽然離職，所以暫時把我調到行政，結果一做就做到現在。」

就像是要補足那段時間的缺失，羅允芝約略說了自己的求職過程，非常無聊，三言兩語就可以結束的平凡。

就跟現在的她一樣，她一點也不喜歡現在的自己。

「學姐，妳在想什麼？」

「你聽過一種說法嗎？每個人一生都有十五分鐘的成名機會。」

「十五分鐘也太短了吧？」

「十五分鐘只是一個統稱。我認為自己的十五分鐘，就是高中那三年。」所以現在的她黯淡無比。

「學姐……小心！」楚煜函忽然大喊，一個年輕女生一邊滑手機一邊端著飲料，沒注意到自己走歪了，手肘撞到羅允芝的頭，飲料差點灑出來。

「啊！」那女生喊了聲，趕緊穩住身體，飲料才沒灑出來，但對方只是碎念幾句便走開了。

「天，也太沒禮貌了吧？」楚煜函趕緊拿了幾張衛生紙給羅允芝。

「沒事，飲料沒有噴到我。」羅允芝笑著接過面紙，並舀了一口飯到嘴中，「好燙！」

「小心，焗烤燉飯裡面很燙的！」楚煜函趕緊把飲料遞給她。

「好糗喔。」羅允芝乾笑，喝了口飲料。

「……學姐，妳好像有點不一樣了。」

「剛才不是還說我都沒變嗎？」

「是沒變啊，但是好像有點不同了。」楚煜函皺眉，「怎麼說……好像比較圓滑？要是以前的學姐，剛剛那種狀況早就跟人家大打出手了！」

「你也太誇張，就算是以前的我，我也不會跟人家打架好嗎？」羅允芝臉上雖笑著，心頭卻發緊。

她希望自己在楚煜函面前還是以前那個有勇無謀的學姐，而不是現在普通的羅允芝。

「圓滑太好聽了，我是變得沒有個性也沒有主見了。」羅允芝自嘲。

「出社會以後難免，因爲有太多事情要考慮。」

「你眞溫柔。我長成了會令以前的我失望的大人，你現在見到我大概也很失望吧。」

「怎麼會？學姐，妳不要這麼說。」

「我們都三十多歲了，你也不用一直誇我。我知道自己沒那麼好，你越誇我跟以前一樣，只會令我越無地自容罷了，因爲我知道自己並不是那樣。」羅允芝一口氣說完，感覺自己心跳變快，微微喘著氣，見到楚煜函驚訝的表情，她才發覺自己失禮了。

「抱歉，我不是……」她立刻拿起自己的錢包站起來就要走，但是楚煜函拉住了她的手。

在這一瞬，羅允芝想起了曾經的碰觸、曾經的溫度，還有曾經的耳邊呢喃。

而那些曾經再也回不來。

「學姐一點都沒變呀。」楚煜函笑著說。

「啊？」

「剛才不就說出了眞心話嗎？人或許會因爲環境、年紀而改變想法，但最核心的思想是不會變的。」楚煜函鬆開了手，改放到羅允芝的肩膀將她輕輕壓下，「我很想念學姐，所以我們再多聊聊吧。」

就跟以前一樣，只要看見楚煜函的臉，她似乎就無法拒絕。

「你才眞的是一點都沒變呢。」

楚煜函只是微笑。

不知道爲什麼，羅允芝在這瞬間居然無法直視他的眼神，她趕緊低下頭藉著吃東西逃避。

她的內心深處騷動著，有些搔癢難耐，就像過往喜歡著他時，那許久未出現的心動。

晚上，韓衍開門的時候，羅允芝剛煮好最後一道菜，正巧上桌。

「今天這麼難得煮飯？」韓衍關上門，脫了鞋子進來。

「是啊，難得。」羅允芝脫下圍裙，有些不敢看韓衍的臉，明明她也沒怎樣，但就是莫名有點心虛。

「還有炒海瓜子！」喜歡海鮮的韓衍食指大動，立刻去洗手，再回到餐桌。

「我們週末要不要去哪裡玩？」她添了飯給他，坐下後如此問。

「這麼難得想出門？要去哪？」韓衍吃下一大口青菜，「這個味道太鹹了。」

「是嗎？」羅允芝也吃了口，好像有點，「去吃拉麵吧，之前不是說要去嗎？還有很久沒看展覽了，要不要去看看？」

「週末展覽一定很多人，妳有什麼想看的展覽嗎？」

「也沒有。那還是去海邊呢？」

「很熱。」

「那電影呢？」

「現在沒什麼電影好看吧？」

說什麼都被打槍，羅允芝頓時也想不出來還有哪裡可以去了。

「去山上？很久以前不是說想去一個地方拍照？」韓衍說，但羅允芝壓根沒印象是哪。

「可以啊。」她也不問，否則到時候又會吵起來。

因爲她幾乎能想像自己說沒印象後，韓衍會露出怎樣不耐煩的表情，她也會不爽卻又不想爭吵，最後兩個人都不高興。

所以和韓衍在一起的這幾年來，她逐漸學會了隱藏自己的情緒，最後好像也就真的沒有了情緒。

忽地，她意識到，或許她不是被社會磨掉了個性，而是被韓衍磨掉了個性。

她想起了中午和楚煜函的短短會面，卻比和韓衍在一起的這些年來，還更能讓她做自己。

「學姐，我下禮拜又會去趟臺北，活動是從中午開始，晚上能一起吃個飯嗎？」

楚煜函捎來訊息，此刻韓衍正巧在洗澡，她想了一下，原先打了「晚上不行」，後來又刪除，韓衍正好從浴室出來。

她嚇了一跳，心虛地趕緊把螢幕轉成遊戲介面，裝作一直都在玩遊戲。

「對了，我下禮拜五晚上要跟客戶吃飯。」韓衍說。

聽到這個，羅允芝內心像是有什麼東西被打通了。

「好。」她回應，趁著韓衍吹頭髮時，回了楚煜函訊息：「禮拜幾？」

「禮拜五。」楚煜函說。

羅允芝克制著嘴角揚起的笑，回覆：「好。」

她其實沒想要幹嘛，也沒有要幹嘛。

就只是見見以前的朋友，讓她可以回憶以前的時光，回到那個她自己也喜歡的羅允芝。

韓衍跳上了床，傾身親吻她，嘴唇在她的唇上一張一合，舌頭鑽進她嘴裡……羅允芝突然想起很久以前她與楚煜函的第一個吻，兩個人都是初吻，小心翼翼地碰觸彼此，沒有什麼檸檬味道，只有彼此的嘴唇氣息，還有那加劇的心跳。

「怎麼了？」發現羅允芝在笑的韓衍也笑著問，「會癢？」

「沒有。」羅允芝有點罪惡感，伸手抱住了韓衍，也回吻了他。

忘記曾經在哪看過一句話，說適度的罪惡感與愧咎感，是一成不變的愛情最好的調味料。

所以，她現在爲什麼會有罪惡感？

她不過是跟前男友見面吃飯，沒有發生任何事情，話語間也沒有任何曖昧，是個不到一個小時的短短相聚。

但若是轉換立場，韓衍也和前女友見面卻沒告訴她呢？

不知道，她不想去想。

她沒有背叛韓衍，她只是有自己的過去，與自己的心結。

她想要在這灰階的現實，對自己好一點點。

增加一點點色彩。

❧

「允芝啊，妳應該沒有眞的要辭職吧？」余莉庭小聲地問。

羅允芝沒有回答，她在考慮。

「妳應該記得我之前說過的話吧？離職後能做什麼呢？資歷還要重新計算呢。」余莉庭的話讓羅允芝心煩，這一次她連微笑也裝不出來。

見羅允芝都不回答，余莉庭也就沒有繼續自討沒趣，專注於工作了。

「學姐，妳喜歡什麼顏色的口紅？我有很多公關品，可以寄給妳。」來自楚煜函的訊息跳出通知，看著那些照片，羅允芝嘴角泛起了笑。

她有多久沒好好化妝了？

每天的妝容都像是爲了應付生活，不讓自己的氣色太差而簡單化的，簡單到就上個CC霜而已。

明明以前爲了約會或是跟朋友出去，會仔細地在梳妝台前化一個小時，甚至還會編髮做造型。她想起自己櫃子裡的香水，多久沒用了？應該已經變質了吧。

她甚至已經不記得自己喜歡什麼顏色，不記得自己到底適合什麼樣的妝容。

她想起第一次和周思容去百貨公司買化妝品，那時雀躍地挑選化妝品，想著自己會變漂亮的心情，好像不復存在了。

或許，她也該久違地去一趟百貨公司了。

「妳覺得我適合什麼顏色？」羅允芝思考了一下，這麼回答。

「我覺得學姐什麼都適合，因爲學姐很漂亮。」楚煜函又這麼說。「我是說眞的喔，不是隨便說說。」

羅允芝笑了出來。或許，在疲憊的生活之中，在逐漸對自己失去信心的歲月之中，她眞的很需要這些沒有根據的稱讚。

「不過我覺得淡色的最適合學姐，更能襯托學姐立體的五官。」

「那你幫我挑吧。」

「好呀。還是，我下次幫妳化妝呢？」

「好啊，哈哈。」羅允芝笑著回應他的玩笑話。

「男朋友嗎？」余莉庭忽然問，嚇得羅允芝趕緊關掉螢幕。

「不是。」

「看妳笑成那樣，還以爲是男朋友呢。」余莉庭說，羅允芝只是扯起嘴角笑了笑，沒有多做解釋。

她又打開了視窗，打上一句——

「我想離職，卻不知道自己能做什麼。」

接著關閉了視窗。

她想在楚煜函面前保持以前的形象，但殘忍的是她現在已經不是那樣；知道她現今模樣的人，卻沒一個人可以商量。

或許，她只是想要不切實際的話語。

她知道，無論她跟楚煜函講什麼，都不會得到否定的答案。

她傳了訊息給周思容，問她記不記得兩人第一次去百貨公司的事情。

大概在晚上十點多時，周思容問方不方便打電話，與她聊了起來。

「我當然記得！我們那時挑化妝品挑得可開心了。」周思容心情愉悅地回憶往昔，還記得要壓低音量。

「聽妳的聲音是開心得要飛起來了吧？」羅允芝回道。

韓衍這時起身準備去洗澡。

「都那麼多年了，回憶起來還是覺得興奮又雀躍，一心想把自己妝點得更美的我們眞是可愛。」周思容又笑了兩聲，「怎麼忽然問起這個？」

「有位客戶是彩妝師，送了很多口紅公關品給業務當謝禮，業務發送給我們，我卻不知道自己該選什麼顏色，想起自己很久沒有認眞化妝，又想起好久以前我們去百貨公司的事情。」羅允芝一口氣說完。

「唉，我也是！我現在每天都蓬頭垢面的，有時候想著我老公去公司見到一堆漂亮的小狐狸精，回家看到我這個黃臉婆，不知道會不會想外遇？」

「妳太誇張了！我都不知道妳還會擔心這種事情。」

「當然會啊，我現在的世界就只有老公和小孩呢。但是我老公的世界是原本的世界，只是多了我和孩子，很不對等，要是這時候有個妖豔的女人，或是他曾經難忘的女人出現，那就有可能一發不可收拾啊！」周思容似乎故意加大聲量，羅允芝聽見唐恩在後面反駁的聲音。

「是說，我也認識唐恩，妳幹嘛『我老公、我老公』的喊？」羅允芝搖頭。

「我故意的啊，我要喊老公他才會記得是我的老公！」周思容又更故意地大聲說道。

是的，周思容和唐恩結婚了，他們大學才真正交往，後來也經歷過分手，各自有其他對象，後來又復合，最後走上紅毯。

周思容在結婚那天還曾經感嘆：「好在以前交往過很多人，不然就這樣結婚了可眞是虧大了。」當時唐恩還瞪了她一眼。

想到這些，羅允芝忍不住笑了。

她曾經遊戲人間的好朋友，最後嫁給了愛情。

「幹嘛，你們吵架了？」

「沒有啦，無聊的鬥嘴而已。」周思容大笑，「所以妳想要好好打扮了嗎？」

「有一點。我們哪天再一起去百貨公司？」

「當然沒問題，把韓衍和唐恩跟兩個小鬼丟一起，我們兩個女人去逛吧！」周思容開心地說。

韓衍正好洗好澡出來。

「好，我會轉告他的。」掛掉電話，看見韓衍好奇的表情，羅允芝便把事情告訴他。

「不能妳們自己去，然後我跟唐恩各自在家嗎？」韓衍想到要照顧兩個小孩就覺得可怕。

「你就幫唐恩一下啊。」羅允芝說。

「都不知道我會不會幫倒忙啊。」韓衍自我懷疑，「對了，剛才賴志倫提醒我才想起，這禮拜三要去當他們的見證人。」

「我都忘了。」她趕緊看一下行事曆，禮拜三沒有重要的事情，可以請假。

「既然這樣，妳要去百貨公司買什麼我們就那天順便去吧，不用麻煩周思容陪妳了。」韓衍提議。

「我和周思容不只是逛街，還是逛感情的。」羅允芝說。

「好吧，那就改天妳們再慢慢培養感情吧。」韓衍聳肩。

下一刻，羅允芝突然想到，禮拜五就要和楚煜函見面了，或許還是先更新一下彩妝比較好。

「不過，我們還是可以去百貨公司買點東西。」

「好啊。」韓衍不疑有他。

雖然有一點點的罪惡感，但是彩妝也是平常會用到的東西，所以這也不能代表什麼。

對吧？

禮拜三那天，羅允芝穿著簡約的洋裝，韓衍穿著襯衫與西裝褲，還算正式。他們到戶政事務所時，賴志倫與他的現任女友已經在了。

女友穿著白色的洋裝充當婚紗，覆蓋在微凸肚子上的手指戴著戒指，上頭的鑽石比不上她的笑容耀眼。

「你們來啦！」賴志倫發現他們到來，開心地揮著手。

羅允芝微笑著點頭示意。她對這個女友不熟，她比較認識上一個女友陳詩婷，她還以爲賴志倫會和陳詩婷結婚，畢竟他們從大學交往到前一陣子呀。

誰知道，最後人生的伴侶會是另一個出現不久的人呢？

「恭喜你們，雙喜臨門呀。」羅允芝祝福，女友害羞地笑著。

「謝謝你們過來，你們是志倫身邊交往最久的情侶，能讓你們當我們的見證人一定可以幸福滿滿。」女友誠摯地說，握著羅允芝的手很炙熱。

「哎呀，他們也很快就會結婚啦，沾沾我們的喜氣，下一個就是他們了。」賴志倫說著有些白目的話，不過今天是特別的日子，就不和他計較了。

「我們快去抽號碼牌吧。」女友看著賴志倫說，接著就要跑去號碼牌機那，賴志倫趕緊拉起她的手。

「小心啊，跌倒怎麼辦？」

「才不會呢。」

就連抽個號碼牌，兩個人都能甜蜜無比。

但羅允芝好像了解爲什麼賴志倫選擇她了，因爲她看著他的眼神充滿了愛與崇拜。

那是陳詩婷不曾露出的眼神，或許是因爲他們在一起太久，又或許是陳詩婷本來的個性就比較強勢，大多時候都是陳詩婷引領著賴志倫，比起陳詩婷對他的崇拜，賴志倫崇拜陳詩婷的時刻比較多。

但……記得最後幾次見面時，賴志倫與陳詩婷的互動也不如以往，他失去了崇拜，她失去了引導的主動，他們之間失去了火花。

羅允芝倏地想起了曾經的她與楚煜函，她也曾經是陳詩婷的角色，但她還沒有失去楚煜函的崇拜就分手了，到底是爲什麼？

這一次見面，她得問清楚，爲什麼當年要提分手。

「我沒看過這樣的賴志倫，有點噁心。」韓衍盯著眼前對女友無微不至的賴志倫，他看起來非常快樂，「但是看起來很幸福。」

「或許他找到了互補的對象吧。」羅允芝說。

「我們……應該也是互補吧。」

「或許吧。」羅允芝不想在這個時間、這個地點與韓衍聊這些。

每次聊到結婚的話題，就變成好像是她在逼婚一樣。

說到底，她到底有沒有想嫁給韓衍，她也不知道。

可以嫁，可以不嫁。

就隨波逐流日復一日地生活，雖然她想離開這灘死水，可是她卻習慣了這裡的溫度與濕度。

當羅允芝在紙上簽下自己的名字，看見旁邊韓衍的字跡，有一絲悵然。

「謝謝你們今天過來，等等一起吃午餐吧，我們請客。」結婚登記結束後，賴志倫說。

一行人前往附近的餐廳。

看著賴志倫張羅著他女友需要的東西——現在應該要叫老婆了，這時羅允芝才在言談中知道她的名字，小葵。

總之，看著賴志倫對小葵呵護有佳的畫面，她不禁會去跟前一個女友做比較。只能說眼前的賴志倫是她從沒見過的樣子。以前的陳詩婷與賴志倫就像是媽媽帶著孩子，什麼事情都是陳詩婷決定好，賴志倫遵守並且執行，陳詩婷雖然也會問他的意見，但賴志倫從來也沒什麼意見。

但眼前的賴志倫卻不同以往，他主導著點菜內容，但他還是有顧及每個人的口味，無論賴志倫說什麼，一旁的小葵都是贊同。

這些他們都看在眼裡，餐桌上聊的也都是未來在哪裡生、在哪裡坐月子，以及之後生活的狀況。

用餐結束前，羅允芝和小葵一起去了趟化妝室。

忽然，小葵開口問道：「妳也認識志倫的前女友吧？」

「喔，認識，但不是會私下聯絡的關係。」沒想到對方會趁只有兩人時打聽前女友的事情，她得小心回答，以免引起不必要的紛爭。

「妳覺得……志倫在她面前，和在我面前有什麼不一樣嗎？」

「呃……我也不清楚。」

「抱歉，問妳這種問題，一定讓妳困擾了。」小葵笑了笑，「但我希望志倫在我面前能好好做自己。」

「嗯……他說在前女友面前沒辦法做自己嗎？」

「也不是這樣，每個人都有不同的面相，和不同的人相處用不同面相也是正常的。只是說，雖然各種模樣也都是自己，可是總有放鬆的狀態、繃緊神經的狀態，又或是……想展現最好一面的狀態。」

小葵一邊洗手，一邊從鏡子看向羅允芝，「他要跟我走一輩子，我希望他面對我的時候都是放鬆的狀態，希望我給他的感覺是舒服的鬆弛感。」

「但是太放鬆的話也不好，可能會變得很隨便。」羅允芝開玩笑地回應。

「哈哈，那樣子也很好啊。」小葵誠摯地看著她，「我希望他能這樣做。」

這一瞬，羅允芝被她那堅定的眼神與愛情的海浪給淹沒了，她有點難以呼吸，感覺自己站不住。

「我想，妳應該是很適合賴志倫的對象，他才會選擇妳結婚。」羅允芝趕緊轉移目光，專注洗手。

「我也這麼覺得。」小葵笑著抽了張擦手紙給她。

結束晚餐後，他們離開了餐廳，羅允芝才大大吐口氣，看著韓衍說：「小葵是個狠角色。」

「是嗎？看起來挺人畜無害。」

「這就是你們男人不懂的地方了。」她搖頭。

「賴志倫高興就好了。」韓衍牽住她的手，「走吧，不是要去百貨公司？」

「喔，對。」面對韓衍突如其來的牽手舉動，羅允芝很訝異。平時韓衍可不會牽她的手走路呀。

難道是因爲見到賴志倫他們新婚的模樣，也讓他感受到浪漫的氛圍嗎？

不過，一過馬路，韓衍的手就放開了。

看著空蕩蕩的手心，羅允芝扯唇一笑。

經過百貨公司的電梯前，難得見到了電梯小姐。

「這個時間居然有電梯小姐，不是週年慶或假日才有嗎？」羅允芝有些驚訝，

「我以前還曾想過要當電梯小姐呢。」

「是喔，還好妳沒有當，不然現在就失業了。」韓衍狗嘴裡吐不出象牙，說完就逕自往前走了。

曾經她也認爲能在戀人面前流露出最放鬆的姿態是最好的，但此刻的她認爲隨便的態度會傷人。

她雖不在婚姻中，但或許也已經在婚姻當中。

她不禁想對小葵說，妳不會期望男人對待妳的態度是隨便的。

因爲那是一種無能爲力改變的狀況。

在韓衍與客戶吃飯的那個晚上，羅允芝和楚煜函也約在了百貨公司的餐廳。她抵達時，楚煜函已經在裡面了，他還穿著工作的衣服，黑色襯衫與褲子襯托了他的好身材，臉上似乎還有點妝。

「等很久了嗎？」羅允芝穿著買來後一直沒機會穿的紗裙，原本打算上週末和韓衍出門時穿，可是週末下了大雨，兩個人也懶得出門，窩在家看一整天影集。

「沒有，我正好在回覆工作的訊息。」楚煜函放下手機，很快速地看了羅允芝全身的造型，「學姐今天也很漂亮呢。」

「你對每個女生都這麼說話嗎？」羅允芝坐下來，內心很高興聽到意料之內的稱讚。

「工作關係，一定要常常稱讚女生。」楚煜函也算是找到天職，畢竟嘴巴本來就很甜，「可是我現在和學姐不是工作關係，所以我不是稱讚，我是說實話。」楚煜函拿出許多化妝公關品，「來，任君挑選。」

「這麼多嗎？我以爲只有口紅。」

「我原本還打算幫學姐化妝，不過學姐今天的妝已經很美了，而且我認得出來，那個眼影是我們家的新產品對吧？」

「好誇張，你怎麼看得出來？」

「這是我的專業，我怎麼可能看不出來？」突然，楚煜函的手伸了過來，那瞬間羅允芝以爲會被他碰觸到，甚至屏息了。

不過楚煜函的手指恰到好處停在了她眼皮前，「我們家的眼影可是有註冊專利，這亮粉，還有堆疊起來的色彩呈現出來的模樣，只有我們家做得到。」

「原來是這樣。」羅允芝乾笑了聲，對於自己剛才的綺思覺得有些羞恥，快速喝了口水掩飾。

「下次我再幫學姐化妝吧。」

「你是認眞的？我以爲開玩笑呢。」

「我什麼時候說話不算話了，當然不是開玩笑啦。」

「你明明就有過！」羅允芝笑著說。

但楚煜函卻蹙起眉。「我有嗎？」

「有啊，你忘記了嗎？」

「什麼時候啊？我明明沒有。」楚煜函叫屈。

什麼啊，這傢伙居然忘記了嗎？

羅允芝有些不悅，但更多的應該是想調侃他的情緒，反正都十多年了，早就過了時效了吧。

「你明明說過不會主動提分手，但最後先說分手的是你呀。」

這句話一說出，就見楚煜函的臉瞬間僵掉，這反應讓羅允芝感到尷尬，支支吾吾地說：「我不是在怪你啦，反正都這麼久了，我想說也可以聊聊……」

結果楚煜函的表情越發凝重，羅允芝眞是後悔開啓了這話題，早知道就聊些無關緊要的事，怎樣也別聊到這事情上。

「學姐，我提分手的原因不是我想分手，是因爲妳啊。」

「我？爲什麼？」

楚煜函很是猶豫，最後嘆口氣，說：「好吧，就如同妳說的，都這麼久了。」

什麼意思？爲什麼感覺楚煜函話中有話？

「當時妳和我的生活圈早就不同了，大學可以遇見形形色色的人，還能參加很多活動，每天時間都很自由，跟不同類型的人見面。當時我面臨大考，可是學姐卻是最輕鬆無礙的時刻，我沒辦法常和學姐見面聊天，就算可以聊天，我們的話題也不同了，我就像個無知的未成年一樣，最慘的是我考不上學姐的大學，我變成了學姐的包袱與困擾……」

說起這一段，楚煜函就忍不住想埋怨，不過他臉上還是帶著笑意，盡量用輕鬆的語氣講出來。

　　楚煜函一直記得，當時的他發現成績停滯了，無論他怎麼念都沒有辦法進步，可是班上其他人卻像是開了竅一樣，往年成績沒有比他好的同學，次次模擬考都創新高，這讓楚煜函急了。

　　因爲羅允芝是名列前茅考上大學的，當然楚煜函也想過，他只要能進同一所大學，什麼系都無所謂，可是這樣子對不起自己的父母，也對不起自己的未來。

　　若是要同一所大學，那至少也要在有前途的科系才行。

　　而他大概也明白成績停滯不前的原因，除了他可能程度眞的就到這，再來就是他的心不踏實。

　　羅允芝的無名小站出現了很多他不認識的人，這是理所當然的，因爲她現在是大學生。

　　可是每每當他覺得寂寞、沒有安全感、念書念得很累的時候，打開羅允芝的無名就有新的活動照片、新的校園生活網誌，底下留言的全是他不認識的人，說著他不知道的事情。

　　羅允芝不是沒跟他分享過大學生活，可是他念書太累了，他擔心前進不了的成績、擔心羅允芝飛到他到不了的地方，更擔心自己慢了一年就慢了一輩子。

擔心得太多，以至於他不想聽。

「我現在念書很忙，妳一直跟我說大學多快樂、多自在，我根本感覺不到！」羅允芝愣住，「我只是想給你打氣，讓你知道考完試就有這些快樂。」

「是嗎？我只覺得我這樣子很可悲。」楚煜函大概是急瘋了才會如此回應。

「喔，那還眞是抱歉。」當年的羅允芝也不是好惹的，她感覺自己熱臉貼冷屁股，「那就不打擾你念書了。」

「學……」楚煜函想爲自己衝動的話道歉，卻聽見了羅允芝背後響起的聲音。

「允芝，好了嗎？」是一個男生的聲音，而楚煜函知道這個人是誰。

在羅允芝帶他參加大學同學的聚會時，他曾經見過他幾次，是一個叫詹至新的男生，陽光、大方、很懂穿衣打扮，重要的是，他很明顯對羅允芝有意思，可是藏得很好。

他們是同一個小群體，時常出遊，分組作業都會在一起，羅允芝的每張照片幾乎都有他，這也是楚煜函一直無法靜下心來念書的原因。

「我不是說我不喜歡那個人，妳爲什麼老是跟他一起活動？」楚煜函爆炸了，他不是不信任羅允芝，只是說不上來的煩躁。

「我跟你說過好幾次了，我們是朋友，我不會跟他私下出去，也不會搭他的機車，這樣子還不夠嗎？」羅允芝隱忍著怒氣，壓低聲音不讓詹至新聽到這段失禮的對話。

「不夠！我要妳跟他斷絕關係，不相往來！」楚煜函大吼。

「你這是在找麻煩。」羅允芝冷聲說，「你就這麼不相信我？」

「我不是不相信妳，但我希望妳給我安全感！」

「如果你相信我，就會有安全感。」羅允芝嘆了一口氣，「我覺得現在不適合繼續聊，等我們都冷靜點再說吧。」

察覺羅允芝準備掛電話，楚煜函急了慌了，同時又很氣惱，爲什麼自己不是她的第一選擇？要是羅允芝叫他跟誰斷了聯絡，他一定二話不說馬上斷的。

但羅允芝從來沒這樣要求過，他知道自己幼稚，那會不會也代表，自己用情比羅允芝深？

在這種焦躁不安又喪失自信的狀態下，無論怎麼樣，楚煜函都只會往壞處思考、鑽牛角尖。

所以他接著吼：「妳如果不答應我，我們就分手！」

其實話說出的那一瞬楚煜函就後悔了。他沒有想分手，他只是想用這點逼她，可是他也不想逼她，他更害怕的是，如果學姐就同意分手了呢？

「我不……」

「我說了，我們冷靜一點再談吧。我現在在討論明天上台要報告的事情，分數佔總成績百分之十五，很重要。」羅允芝的聲音很冷靜，也很無奈，說完，她就掛斷了電話。

楚煜函用力把手機往床上一丟，握著拳頭敲了一下桌面。

「發瘋喔！」正好經過房門口的姐姐念了句。

「妳才瘋婆子！」楚煜函罕見地回罵。

姐姐大人不計小人過，走到客廳對妹妹說：「看見了吧，念書會逼瘋人。」

「我看是戀愛逼瘋人吧。」妹妹倒是提到重點。

「兩種都會，湊在一起瘋上加瘋。」姐姐大笑，畢竟她已經過了那個階段，能夠笑看一切。

「你在說什麼？爲什麼會覺得是我的包袱？我從來沒有那樣想啊。」羅允芝的話把楚煜函拉回現實，拉回了他們所在的這間餐廳。

「咦？但是……學姐不是想跟我分手卻怕影響到我考試，所以一直不敢提嗎？」

「我哪有！你爲什麼會那樣想？」羅允芝大聲反駁。

「是學姐的朋友告訴我的啊，就是後來變成妳男友的那個……詹至新！」楚煜函蹙眉，「他說你們互相喜歡，只是苦於不敢跟我這個考生提分手怕影響成績，所以希望我像個男人主動點放妳走……」

「我沒有！我根本沒有！」羅允芝簡直要暈倒，怎麼會有這種事情？「他那樣說你就相信？都沒想過要問我？」

「因爲學姐那陣子的確很少跟我聯絡，就算難得見面也一直要我回去念書……我感覺我們的話題變少，也覺得學姐老是心不在焉……」見羅允芝傻眼的模樣，楚煜函問：「難道都是我誤會了？」

「你誤會可大了！」羅允芝快要氣炸。她立刻拿起手機找出詹至新的名字，傳了訊息給他：「聽說你以前跟楚煜函說謊？你有病喔！」

對方很快已讀，然後傳了大笑貼圖回來。

「對不起，哈哈哈，這麼久才被發現嗎？唉呀都過這麼久了，就原諒我吧！」

對方的回應令人連氣都生不起來，甚至感覺十分無力。

「你看。」羅允芝把手機螢幕轉給他看，楚煜函張大了嘴。

「所以我被騙了？」他簡直不敢相信，「那我們白分手了？」

拿回手機時，她看見詹至新的下一條訊息發來：「你們還有在聯絡？」

她沒有回應這句，把螢幕關掉。

「看來是這樣呢。」羅允芝嘆氣，隨即笑了出來，楚煜函也笑了，兩個人逐漸變成大笑。

「啊，算了，都是好久以前的事了。」楚煜函捧著笑得發疼的肚子，好不容易稍微止住了笑。

「是啊，都過去了。」羅允芝如此回，但是內心深處卻像有根刺戳著，令她頗感失落。

看著羅允芝的臉，楚煜函萬分後悔。為什麼他當年不多問幾句呢？

當年實在太好面子，又太害怕受傷了。

他怕親耳聽見羅允芝說不再喜歡自己，也怕聽見她說分手，所以在被傷害以前，不如他先逃走，這樣或許可免於受到更嚴重的傷害。

所以他主動提了分手，而羅允芝雖然安靜許久，最後也同意接受，連一句疑問也沒有。

掛掉電話後，楚煜函哭了，那是他懂事以後第一次哭，哭得那麼撕心裂肺，哭得那麼絕望無助。直到現在，他沒有再哭過一次，也沒有再那麼心痛過。

因為愛得太深，所以分離時就像骨肉被分離般疼痛，他考砸了大考，但家人明白他的狀況不佳，貼心地沒有過問任何事情。

好不容易，他遇到彩妝重新活了過來，所以當他興高采烈告訴父母要轉系時，父母高興得舉雙手贊成，只要他們的兒子能夠找回活力，無論是什麼事情他們都會答應。

為了好好生活，楚煜函斷絕了任何與羅允芝有關的東西，他不去看她的無名小站，而一段時間後無名也被併吞。他轉系到美容彩妝，找到熱愛的事物後投身進去，卻意識到這個契機是因爲羅允芝曾經說過的「變美麗的工作」。

他的人生，或許一直都受到羅允芝的牽引。

隨著時間流逝，他逐漸放下了過去，然而曾經的傷痛雖已不再痛，可是傷痕還在，所以現在每一次看見羅允芝，那痕跡彷彿也在隱隱作痛。

「怎麼了？爲什麼這樣看我？」

「學姐，我一直都沒問……」楚煜函笑著搖頭，「妳現在是單身嗎？」

這句話令羅允芝心臟彷彿被人掐緊，她感覺到喉嚨像是被什麼卡住了，連發聲都很艱難，「有啊。」

「有啊？」楚煜函疑惑，「是有什麼？有單身？有男友？」

「有男友。」羅允芝微微揚唇，喝了口水。

「我想也是，學姐這麼漂亮，怎麼可能沒有男朋友呢？」楚煜函笑著夾了口桌上的青菜，「哎呀，我以前眞的是太蠢了，都沒想過問問學姐就好，全都是我的自卑心作祟。」

「爲什麼會自卑心作祟？」羅允芝疑問。

「因爲學姐是光鮮亮麗的大學生啊，總是無所畏懼地走在我前方，我總感覺有天一定會被學姐拋下，所以我拚了命追趕，得知學姐考上我無法考上的大學，我心情更是盪到谷底，但我還是好努力好努力，可是感覺到學姐的心逐漸遠離，加上比我優秀很多的學長又告訴我那樣的話，所以……」他說得雲淡風輕，不想讓過往的事情成為糾纏現在的鬼魂。

「我一點也不光鮮亮麗，我甚至很討厭現在的自己，我沒辦法跟以前一樣無所畏懼，我現在什麼事情都好害怕，反倒是你，我才覺得你很耀眼。」羅允芝吐出真心話，「我也從來沒想過要和你分手，我不是冷淡，我是希望你能多點時間念書，考上跟我一樣的學校，這樣我們就有更多的時間在一起。而不想跟你太親近，是因為怕那樣就不想離開你，反而耽誤到你，我想說只要忍耐一年，未來我們就有更多的時間膩在一起……」

說出真心話的兩個人凝視彼此，最後都笑了。

遲來的話語，延宕了十多年，此刻也都成為了青春往事。

「不過，學姐，沒想到妳現在還跟詹至新有聯絡，學姐是屬於會跟前男友繼續當朋友的類型嗎？那為什麼就跟我斷了聯絡？」楚煜函雖這麼說，但也不是真的在抱怨。

「也沒有很常聯絡，就只是都保有聯絡方式。他的二女兒前一陣子出生了。」

「哇，沒想到那個要心機的學長都當爸爸了。」

「是啊，畢竟時間都過去很久了。」

「那唐恩學長呢？」

「他喔……」羅允芝露出一抹微笑。

這微笑讓楚煜函大驚。「該不會現在的男朋友就是唐恩學長吧？可惡啊！多年後我還是輸給他了，這樣說來他才是眞正的贏家啊。」

「你很誇張耶。」楚煜函怪模怪樣地叫嚷讓羅允芝心情放鬆了不少，忍不住笑了起來，「你會很訝異……他和周思容結婚了。」

「什麼？妳的好朋友周思容嗎？」

「是啊，他們到了大學才正式交往，兩個人雖然念不同大學，可是大三左右就開始同居，出社會後分手小小一段時間，後來又復合並且結婚了。」說起他們那一對也是風風雨雨，卻有種命中注定的感覺。

「世事難料。」楚煜函下了結論。「那學姐今天和我吃飯，男友知道嗎？」

「知道，我有跟他說和朋友吃飯。」這也沒說謊，楚煜函眞的就是朋友。

可是……羅允芝內心深處也清楚，這是一個模糊地帶。

「嗯嗯，朋友啊……」楚煜函若有所思地應，然後將生菜沙拉夾給羅允芝，「但是今天可以聽見當年的眞相，對我來說很重要。」

「咦？」

「不然這些年我都一直在想，是不是我哪裡不夠好，才會讓學姐喜歡上別人？是不是我不夠努力，才會讓學姐離開？我當時是不是應該跪下來求妳或是死纏爛打，讓學姐回心轉意呢？」

「楚煜函……」

「感覺好久沒聽到學姐喊我的名字了。」楚煜函臉上漾起笑，「我在，學姐！有何吩咐？」

「你很誇張耶，我剛才就喊過了。」羅允芝一笑，但隨即板起臉，「你要對自己有自信一點，我很常想到你的。因爲被你喜歡過，讓我無論跟誰在一起，都沒辦法覺得他們有像你一樣喜歡我，你的感情太過熱切，那種被人第一優先呵護的感覺如此強烈，從此，別人在我眼裡都……不夠。」

聽到這樣的話，楚煜函先是一愣，然後笑了，「那看來是我寵壞學姐了。」

「或許。」羅允芝說。

他靜靜地看著她，深切地、認眞地，像是要把這十多年來沒有看夠的地方一次補足，話題與氣氛都在往不妥的方向前進，這並不是好兆頭，但是，她好久沒被這樣的眼神注視了。

好像她就是全世界。

先移開視線的，是楚熤函。他低下頭喝了口水，又夾了菜，許久都沒有再對上羅允芝的眼睛。

直到服務生送來下一道菜，楚熤函才夾菜給她，說：「學姐，妳說妳想辭職對吧？」

「喔，對……但是還在猶豫。」

話題轉移，來到羅允芝的煩惱。她想聽聽其他人的意見，一個不會揪著她缺點的人所說的意見。

「我還是認爲想辭職就辭職，每一場結束都是新的開始，就像我當年如果沒有果斷轉系，我就會從一個一定有工作的系所畢業，我當時塡的是電機系……但我對電機一點興趣也沒有，所以……」楚熤函聳肩，「學姐就去做吧，我相信學姐一定會找到更合適的工作。」

是了，她想聽的就是這樣的話。

不需要理性分析，因爲她都知道；不需要現實提醒，因爲她不是笨蛋。

她只需要一個小小的推力、一句相信她的話語，再一句加油。

「謝謝。」她說，覺得喉嚨間再也沒有刺了，換成哽咽。

「學姐，我一直都很想妳。」楚煜函這句話說得很小聲，在吵雜的餐廳之中幾乎被掩沒，他的表情也沒什麼太大的變化，羅允芝幾乎要認爲是自己聽錯了。

可是，她看見了楚煜函紅起的耳根。

她感覺內心深處傳來陣陣痛楚，可是她的嘴角卻不自覺地上揚了。

「我也是。」

她用嘴型說，她很確定，楚煜函看到了。

第八章

「我這週末有事得回家一趟，妳要跟我一起回去嗎？」韓衍一邊脫下外套一邊說道。

「我就不跟你一起回去了。」羅允芝回答。畢竟兩人還沒結婚，還是有點界線比較好。

韓衍盯著她看了一會兒，欲言又止，最後微微嘆氣，將外套掛上了衣架，沒有多說。

羅允芝也不會問他那沒說出口的話是什麼，可以想像是聽了不會高興、說了彼此會埋怨的話語吧。

愛情，會被現實生活消磨。

然而被消磨後的愛情，爲什麼還能繼續在一起？

是因為生活已經密不可分，還是因為習慣？

又或是……擔心自己再也沒有下一段戀情，所以得過且過？

羅允芝找不到答案，或許從來就沒有標準答案。

「那妳週末要做什麼？」韓衍難得這麼問。

「不知道，在家或是出去走走吧。」

「是嗎？」韓衍似乎有些疑惑。

「怎麼了？」

「沒有，只是想說妳會不會去找周思容。」

「她週末應該很忙吧。怎麼會提到她？」

「只是隨口說說。」

搞不懂韓衍在想什麼，不過羅允芝也沒有繼續問下去。她跟以前不一樣了，很多事情不會細問，或許是因為長久以來的經驗讓她明白不會得到什麼答案，又或許因為她和韓衍在一起久到不需要細問太多事情。

還是不在乎？

這個念頭突地閃過羅允芝的腦海，她看向韓衍的背影，忽然覺得好陌生。

她就像在水裡一樣，眼前的男人明明如此靠近，可是聲音遙遠，面容扭曲，而她發不出聲音，就連呼吸也很困難。

她理解眼前的男人嗎？

「怎麼了？」韓衍問。

而眼前的男人，又理解自己嗎？

「沒事。」她回。

「學姐，妳這週末有空嗎？」

好巧不巧，隔天羅允芝收到楚煜函的訊息。

「怎麼了？」

「要不要久違地去台南？」

她以為自己看錯了，用力眨眼了兩次，但這行字並沒有消失。

「去台南？為什麼？」

「去我們去過的地方懷舊一下，重拾青春。」楚煜函的訊息又傳來。

羅允芝想了一下，接著回：「我有男朋友你知道嗎？」

「知道呀，學姐說過，眞是扼腕！」她彷彿可以聽見楚煜函的聲音，「所以選擇權在妳身上喔，up to you。」

他把選擇權給了自己，看起來好像十足尊重，其實卻帶著強硬與誘惑。

她，確實想念青春，想念當時的他們。

「那好吧，我們搭高鐵？」她思考了一下後回覆。

跟朋友放鬆一下，並沒有問題吧？

「高鐵很好呀，又快又舒適。學姐在台北上車，我新竹上車如何？我來買車票。」

「好。」羅允芝打字的手有些顫抖，但她想，他們在台北吃飯，跟在台南吃飯都是一樣的，所以應該沒關係。

應該。

沒關係吧？

「對了，學姐，我回程的時間是隔天，妳回程要什麼時候？」

但是，楚煜函再傳來的訊息卻不能用那樣的理由說服自己了。

「隔天？你禮拜天才要回新竹？」

「對啊，我會訂一間房間。」

「你一個人？還是隔天有事情要辦？」

「沒有啊，隔天就自己走走啊，當作度假。而且，我當然一個人。」

羅允芝老大不小了，她知道這些訊息的意思，也明白楚煜函的用意。

但……過夜不代表什麼吧？

他們可以兩間房間，況且一天來回實在太累了。

「那我也隔天吧，你訂哪間飯店？我也訂一間。」羅允芝如此回覆，楚煜函已讀許久，這讓羅允芝心跳加速，覺得自己是不是回錯話了。

難道楚煜函希望和她同間房？這於情於理都說不過去。

理智上她知道自己的回覆沒有問題，可是感情上卻擔心著楚煜函的想法。

「找了好久！我是這一間。」

就在羅允芝快要按捺不住傳訊息的時候，楚煜函的訊息再次傳來，這讓羅允芝鬆了一口氣，趕緊點開了網址。

是一間CP值頗高的飯店，價格也不貴，位置也算便利，所以羅允芝馬上訂好了房間，並與楚煜函約好了高鐵的班次。

她的心跳得好快，具體理由是什麼，她也說不上來。

是為了即將發生的事情感到悸動，還是罪惡感？

這件事，她要告訴韓衍嗎？

要是不說，在某種程度就是背叛了吧？

可是她又沒有做什麼，也沒有發生什麼事情啊。

但是說了，還能去嗎？

即使她和韓衍已經不是剛交往還帶有小心眼的階段了，可沒有人會容忍另一半和過往的情人單獨出去吧？

她想和楚煜函見面，也想和他重溫當年台南的旅程。

可是……

她想起了周思容，傳了訊息給她。

「妳有空嗎？方便電話聊一下天？」

難得地，周思容很快已讀，並回覆沒問題，羅允芝便拿起電話往外走，離開前，余莉庭還偷瞄了幾眼。

「怎麼了？妳這時間不是工作都很忙嗎？居然有空打給我。」一接起電話，周思容便如此說道。

「我打算要離職了，所以目前心情輕鬆一點。」在說出口前，羅允芝都不覺得自己要離職了，但此刻卻有種下定決心的堅定。

「眞的假的？那找好下個工作了嗎？」

「還沒，不過我今天不是要跟妳聊這個。」羅允芝停頓了一下，她要說些什麼？原本她是打算跟以前一樣，用周思容當擋箭牌，請周思容配合一下，可是在這瞬間她忽然發現，自己是不是昏頭了？

她要和楚煜函去台南，可是現在的她是有男朋友的，她怎麼可能要已婚的周思容幫忙說謊？

以前的周思容是會答應，但現在的周思容身分和想法都不同了，她會怎麼想？

這一刻，羅允芝感覺雙腳十分沉重，她到底在想什麼？

「允芝？」

「喔，就是……這禮拜韓衍要回老家，所以我難得有一個人的時間……」

「那妳要來找我玩嗎？」周思容興奮地問。

「不是，我想要……去看看婚戒或是婚紗，也想去看看有沒有什麼東西適合韓衍……」

「哇！你們要結婚了嗎？」周思容驚喜道。

「沒有啦，他也沒有提，之前還講了什麼懷孕才要結婚的怪話……但總之，我不想給他壓力，可是我也想思考自己到底是不是眞的想要踏入婚姻，還是因爲韓衍不想結婚，我才會覺得自己想要？」

羅允芝這一番話並不是虛假，但也不是眞實。

她搞不清楚自己要什麼，明明她和韓衍應該是沒有問題的。

但怎麼會在和另一半感情沒有問題的時候，卻憶起了青春，且被青春裡的人所吸引呢？

「原來是這樣啊！韓衍也眞是的，但我覺得你們兩個最後還是會選擇踏入婚姻的。」

眞的嗎？羅允芝不確定。

「所以我不想讓韓衍知道這些事情，要是他問起來的話，妳可以說我們在一起嗎？」

「當然沒問題啦，希望之後可以聽到好消……」

「然後我們一起過夜。」羅允芝的話十分突兀，讓周思容話說到一半停住。

「怎麼回事呀？允芝。」

「什麼怎麼回事？」

「為什麼連過夜也……」周思容笑了聲，「算了，本來就有需要放鬆的時候，沒問題的。」

「謝謝妳。」羅允芝鬆了一口氣。

「小事啦！但是這讓我想起高中時，妳跟楚煜函要去台南玩，也是叫我當擋箭牌，都好久以前的事情了。」

羅允芝乾笑著，她說不出口，現在也是一樣的事情。

可是他們的身分不一樣了，房間也是兩間。

不會有事的。

回到辦公室後，發現余莉庭正偷瞄她，羅允芝並沒有主動搭話，而是裝作沒看見回到位子上。

之後，余莉庭主動問她要不要訂飲料，羅允芝笑著說不用。

她不需要再討好別人，也毋須保持良好關係。

因爲她決定要離開這裡了。

一想到這，羅允芝終於覺得呼吸順暢了許多。

⁂

週末，韓衍一早就出門了，離開之前又問了羅允芝今天有什麼計畫。

「我會和周思容去逛逛。」

「是嗎？」韓衍一笑，「好好放鬆啊。」

「嗯。」羅允芝在玄關目送他，「到家再跟我說。」

「好。」韓衍盯著羅允芝看，罕見地親吻了她的額頭，讓羅允芝一驚。

「怎麼了？」

「只是想起以前我們常常會這麼做。」

「好久以前囉。」羅允芝皺眉，伸手摸上了自己的額頭，那殘留的餘溫使她的心有些疼。「怎麼突然做平常不會做的事情？」

「只是現在不常而已。」韓衍聳肩，「以後會變常的。」

「你眞古怪。」

「那……我走了。」韓衍看著她。

「掰掰。」羅允芝則道了再見。

等韓衍離開了家，羅允芝又等了十分鐘左右，確保韓衍不會忽然折回，馬上衝進去房間，快速從抽屜拿出整理好並藏在角落的衣物，又從化妝台下方抽屜深處拿出了準備好的化妝包。

接著，她換好衣服，看了手機的通知。

昨天就預約好的叫車服務通知車子已經抵達。羅允芝飛快地環顧家裡，確定一切都沒有問題，反正她明天中午過後就回來了，而韓衍會吃完晚餐才回來。

她穿好鞋子，離開了家。

她在高鐵上用極快的速度化好了妝，抵達新竹時，她已經用完美的姿態迎接楚煜函。

「早安，學姐。」他提著早餐，露出了無邪的笑容。

羅允芝也漾開了笑。好久好久以前，他們也曾如此出遊。

那是羅允芝要畢業前夕，兩人再來要面臨遠距離戀愛，無法每天見面，兩人希望能創造點回憶，例如一同旅遊。

但怎樣的家長會准許十八歲的女兒和男友外出過夜呢？

即使爸媽很喜歡楚煜函，也不會允許這樣的事情，所以羅允芝從一開始就沒有打算告訴爸媽實話。

「我要和楚煜函出門，但我想告訴我爸媽是跟妳去，可以嗎？」

她在周思容家中如此詢問，表情認眞，周思容放下手機看著她。

「要過夜？」

「嗯……對，我們要去台南。」

「爲什麼要跑那麼遠？要是臨時被抓包怎麼辦？怎麼不選台北？這樣要回來也比較快。」

「但在台北就沒有留下回憶的感覺了……」

「我的天啊，你們不會要……」周思容倒抽一口氣，「眞的假的？讓我先聽到這個好嗎？」

「不要亂講，我們沒有要幹嘛，只是想要好好留下回憶。」羅允芝紅了臉。她和楚煜函的進度一直都只有到接吻，雖然楚煜函也不是沒有展露過想要更親密的慾望，但也從來沒有勉強過她。

其實羅允芝也不排斥，但兩個人總是沒有機會，況且這件事情也不是必要的，就這麼停滯著。

「既然這樣，那我和唐恩也一起去台南吧，至少有什麼狀況的話我們還能趕緊會合。」

這位好朋友如此赴湯蹈火，可羅允芝卻注意到話中有話。

「妳和唐恩什麼時候進展到可以過夜的階段？」她怎麼都不知道！

「哈哈，開玩笑的，怎麼可能啊！我們就曖昧曖昧這樣啦。」周思容大笑，「我一個國中很好的朋友後來搬到台南，所以我可以去找她。我們甚至能夠搭差不多班次的高鐵回來，我是不是很夠義氣？」

周思容做的計畫萬無一失，這讓羅允芝非常感動。

「謝謝妳！」她伸手擁抱周思容。

「不用謝！你們以後如果結婚，可別忘了我這個貴人才行。」周思容拍拍她的頭，十足有女子氣概。

「不知道會不會走到那一天。」羅允芝淡淡地說。

對那時候的她來講，那是太遙遠的未來，可是她卻抱持著一絲盼望。

或許有一天，她能和楚煜函在紅毯的那端牽起彼此的手。

❧

「學姐，我們快到了。」

楚煜函的聲音在羅允芝耳邊響起，她睜開矇矓睡眼，看向窗外的景致。

她居然睡著了，還夢見了過去。

「天啊，我睡著了。」發現自己居然靠在楚煜函肩膀上，她十分羞窘，「抱歉，我很重吧？你可以推開我的。」

「看學姐睡得這麼香甜，我哪捨得呀！」楚煜函說完，把手放到肩膀上，裝作很痠痛的模樣。

「好了啦，你很故意耶。」羅允芝笑著打了他一下。

「哈哈，我們下車吧。」楚煜函起身拿了置物架上的小行李箱，並主動接過了羅允芝的行李袋。

「我自己拿就可以了。」

「當然要交給我拿呀，學姐，別太見外了。」楚煜函眨眨眼。

兩人走出了車廂，炙熱的空氣迎面襲來，陽光耀眼，羅允芝已經出汗了。

「好熱，我們快點進去車站。」楚煜函說。

兩個人邊笑邊在月台上小跑步前進，搭乘手扶梯來到充滿冷氣的車站裡，兩人不約而同讚嘆著人類的偉大發明。

「我們要先去哪？」羅允芝問。

「要不要先去喝咖啡？等會再去國華街吃小吃？」楚煜函比了比對面的購物中心，羅允芝同意了。

反正行李可以用推的，楚煜函並不介意推著行李四處逛逛。兩個人先到了購物中心，這裡人潮洶湧，讓兩人有些傻眼。

「我開始擔心會不會沒位子了。」羅允芝說道。

「不，絕對會有位子！」楚煜函信心喊話。

「爲什麼這麼肯定？」

「因爲學姐總是很好運呀！妳忘記以前我們無論去哪、無論那個景點有多麼熱鬧多受歡迎，我們總是剛好不用排隊，或是剛好有人取消，所以學姐是我的幸運星。」

「好久沒人說過我是幸運星了。」羅允芝笑道。

「是嗎？難道學姐的男友不會這樣說？」

羅允芝一愣，楚煜函見狀便說：「抱歉抱歉，今天不提男友。看，前面那間咖啡廳看起來有位子，要不要進去？」楚煜函轉移了話題。

她頷首，與楚煜函往咖啡廳的方向走去。

這間咖啡廳是連鎖的，時常需要排隊，此刻雖然有人排隊，但剛好前一批客人魚貫離席，他們馬上就有位子可坐。

「瞧！我就說學姐是我的幸運星吧。」坐到位子上後，楚煜函再次肯定地說。

「說不定你才是我的幸運星呢。」

「不是喔，我每次都會遇到排隊，有時候還排超久的。」楚煜函擺擺手。

「我一個人的時候也很常要排隊排很久。」

「難道說，是我們兩個在一起才會變成幸運星？」楚煜函像是發現什麼新大陸一樣，表情十分驚喜。

「那我們就是彼此的幸運星囉？」羅允芝笑稱，楚煜函則是用力點頭。

兩個人歡聲笑語，討論著等會要去哪，以前就去過的景點一定要再重遊，再來就是一些新的景點與必嘗美食。

「話說，我們以前一起住的那個飯店已經歇業了，不然我原本想訂那間的。」楚煜函惋惜道。

「我還想說明明是懷舊之旅，怎麼沒找以前住的那間，原來是歇業了。」

「是呀，美中不足。現在那邊好像變成了火鍋餐廳，不過太熱門了，訂不到位子。」

「幸運星失效了。」

「眞的！怎麼會這樣？」

羅允芝大笑出聲。好開心，怎麼會這麼開心？就好像回到以前，和楚煜函什麼話題都可以聊，無論她講什麼，楚煜函都會認眞傾聽並給予熱烈的回應，這讓她覺得自己備受重視。

「學姐關於離職的事情考慮得怎麼樣了？」

「我決定要離職了。」

「這是很棒的決定，我相信學姐。」楚煜函喝了口咖啡，「那現在要找什麼可以變美麗的工作呢？還是要來跟我一起當彩妝師？」

知道楚煜函只是開玩笑的，羅允芝莞爾，「或許我連『讓人變美麗的工作』這點都只是隨口說說，老實講，我根本不知道自己喜歡什麼、適合什麼、想做什麼。」她說出自己此刻最深沉的擔憂。

怎麼到了三十幾歲，還不懂自己要什麼？

她還有本錢可以猶豫嗎？

楚煜函也對她失望了吧？

「我相信學姐一定……」楚煜函話還沒說完，馬上就被羅允芝制止。

「但事實上是我什麼也沒做到，所以別這樣吹捧我了。」

「不過現在不就打算動起來了嗎？我相信學姐一定可……」

「楚煜函，你怎麼在這？」

「咦？」楚煜函嚇了一跳，抬頭看見桌邊的人，「你才是怎麼在這？」

「我等等有活動啊！提早到了，所以下高鐵就先來買救命飲品。」一個化著淡妝的男人搖晃了一下手中的咖啡外帶瓶，他推著黑色的行李箱，漂亮的眼睛刷了睫毛膏和眼影，身上還散發著香氣。

「原來是這樣。」楚煜函注意到對方一直在偷瞄羅允芝，便介紹道：「我高中學姐。」

「幸會啊，楚煜函很常提到妳。那我就不打擾你們了，先走啦。」男人揮了一下手，露出了然一切的姨母笑，便拿著咖啡離開了。

「你很常提到我？」

「他那是客套話。我可沒有隨便和人提起學姐，學姐可是我的寶貝呢。」

「你又說這種話。」

「我沒有說謊呀，和學姐的過去一直都是我珍貴的回憶。」楚煜函說得認眞，羅允芝頓時不知道怎麼回應。

但是她露出了笑容，接受了他的說詞。

吃完飯，他們叫了計程車，先抵達飯店，各自把行李放到房間後，便開始了今天的行程。

在炎熱的天氣下，他們毫不猶豫地選擇去吃沒有冷氣的大滷麵路邊攤，滿頭大汗的兩人一邊擦汗一邊津津有味地吃著。

羅允芝很喜歡在夏天吃湯麵或是火鍋，但是韓衍怕熱，更討厭沒有冷氣的地方。要是韓衍，絕對不會陪她在這種天氣下於路邊攤吃麵。

可是楚煜函不同，他會願意陪自己做任何事情。

「我們以前也在大熱天吃過湯麵。」羅允芝想起了無數個曾經。

「眞的！超級熱！」楚煜函從口袋拿出手帕，擦拭滿臉的汗水。

「你居然會帶手帕？」羅允芝很是訝異。

「喔，對啊。」楚煜函應了聲，將手帕放回口袋。「那再來我們去吃冰吧？」

「好啊！吃完熱的東西，就是要吃冰的！」羅允芝舉雙手贊成。

要是韓衍的話，他會說吃完熱的不能吃冰的，因爲容易肚子痛，所以他一定不會去。

可是楚煜函不同，他們有好多相似的地方，好多相同的觀念，還有好多共同的習慣。

羅允芝看著楚煜函的側臉，心想：爲什麼當初她會那麼容易就接受了楚煜函提分手？

如果當時她多問兩句，是不是今天他們還會在一起？是不是他們早就步入禮堂？會不會已經有一、兩個孩子了？

羅允芝悲從中來，她回不到過去，而現下也不可能和韓衍分手，轉頭奔入楚煜函的懷抱。

因爲現實是，她沒有想離開韓衍，就算有著諸多抱怨、諸多比較，她還是沒有想離開韓衍。

那又爲什麼，現在她會在這裡？

「學姐。」楚煜函朝她伸出手，那手勢明顯就是要牽她，可又是一樣的，把選擇權交給她。

羅允芝失笑，將手疊了上去，當他們十指交握的瞬間，彷彿眞的回到了過往，他們也曾經漫步在這條街道，只是當時已惘然……

「學姐，我們好像迷路了。」楚煜函抓著頭，拿出地圖左看右看，就是看不出來現在人在哪。「要是手機可以上網就好了，這樣我就能馬上找到地址。」

「別傻了，手機怎麼能上網？還是我們去問人？」可這條路現在都沒有人。

「等一下，這裡好像很漂亮。」楚煜函往巷子裡頭張望，「迷路也是一種風景，我們進去看看？」

「好啊。」羅允芝答應，旅行本來就該發掘新的景物。

他們踏入狹窄的巷子，這裡看起來是住家，只不過巷弄經過整理，看起來別有洞天。

「好漂亮，眞希望能住在這樣的家。」有著白色柵欄與小巧庭院的獨棟，就像是童話故事會出現的小屋。

穿過了一條又一條巷子，有著不同的光景，每棟建築物也都別有巧思，也有人住在裡頭，這使他們得保持安靜。

「學姐。」楚煜函縮到了一條更狹窄的巷子喚她，羅允芝正在用數位相機拍照，回過頭也幫楚煜函拍了張。

「你看，我把你拍得很好。」羅允芝來到他旁邊，將畫面給他看，但楚煜函下一瞬卻環抱住她。

羅允芝心跳加快，感受著楚煜函的力量，還有那微微的顫抖。

「學姐，妳不要忘記我。」

「我怎麼可能會忘記你？」羅允芝抓住了他的手臂，輕聲說。她感受到了楚煜函的不安，她不知道該怎麼做才能消除，她面對著他，抬頭望著他的雙眼，希望能讓他明白自己的眞心。

「我很喜歡你，即使我先進入大學，我們也不會變的。」她雙手捧著楚煜函的臉，一字一句地說，「你懂嗎？」

「我懂，但就是……」楚煜函苦笑。他知道所有人都誇獎自己的外在，但他其實對自己沒有自信，面對羅允芝，他永遠都覺得自己追趕不上她。

光是羅允芝沒有選擇唐恩學長而是選擇自己，就讓楚煜函覺得已經用掉人生大半的運氣了，要是上了大學，自己一定會被拋棄。

「楚煜函。」羅允芝輕喚他的名，接著踮腳吻上了他的唇。

「學姐，妳好大膽。」他紅著臉說。雖然兩人不是沒有接過吻，可羅允芝向來排斥在公共場合親吻。

「那要不要做一件更大膽的事情？」羅允芝也紅著臉，但露出了嫵媚的笑容。

「我們在每個巷子裡接吻吧，留下我們的印記，等多年以後再一起回來重拾現在的時光。」

這充滿誘惑的提議，讓楚煜函立刻點頭如搗蒜。他們在這蜿蜒的巷子來回，於每個地方都留下了親吻印記。

在某一條隱密的巷子裡，楚煜函緊緊抱住了她，用舌撬開她的唇齒，貪婪地滑進她的口腔，羅允芝倒抽一口氣，用力抓緊了他，楚煜函的手也在她的腰部游移。

那是一個對當年的他們來說，太過刺激又充滿情慾的吻。

他們的時間被永恆地靜滯在這，連同當時的親吻、體溫還有快感，都完整無缺地封印在這。

如同他們對彼此的依戀。

⁂

「啊，在這裡。」楚煜函探頭，往裡頭的白色牆壁看去，「天啊，變好多。」

「現在這裡已經變成景點了，叫蝸牛巷。」羅允芝看著一旁的介紹，但不用看她也知道，前一陣子她才來過。

和韓衍。

一想到韓衍，她的心不自覺一痛。低頭看著與楚煜函交握的手，她是不是背叛韓衍了？

不是吧。

只是以前就牽過手的人，只是一起來到以前就去過的地方，不是背叛。

不是吧？

「沒想到弄得這麼美，不過我大概都還認得出來。」楚煜函眨眨眼，拉著羅允芝往裡頭走去。

他們漫步在蜿蜒的巷子，這裡依舊靜謐，楚煜函看著牆上貼著「輕聲細語」的警告標示，俏皮地在唇前伸出食指，對羅允芝比了「噓」。

「學姐，記得那裡嗎？」楚煜函比了其中一條巷子。

「這裡的每條巷子我都記得。」羅允芝笑道。

「那時候的學姐好大膽呀。」楚煜函說。

「因爲你像個被遺棄的小狗一樣看著我，讓我想要安慰你。」

「我現在也是被遺棄的小狗。」楚煜函低頭看著羅允芝。

她一笑，伸手打了他一下。

牽手就是全部了，有些界線是不能打破的，這羅允芝還是明白的。

他們走過每一條巷子，訴說起過往回憶，包含他們以前的誤會、爭執、吵架後又和好。

「我曾經以爲最後會跟學姐結婚呢。」

「我以前也這樣想過。」

「眞是奇怪，爲什麼我們明明都有在一起一輩子的共識，最後還是分開了呢？」楚煜函懊惱，「我眞的不該提分手。」

「我也不該接受你提的分手。」羅允芝還記得當時哭了好久，但她認爲楚煜函不喜歡自己了，既然對方都不愛了，那去求和又有什麼用呢？

「我想大概是因爲我太喜歡妳了，所以才會喪失理性的判斷能力吧，所有事情都感情用事。」楚煜函悔恨，「哎，我眞的很想去揍詹至新！」

「我也有錯，我不應該……」

楚煜函搖頭阻止羅允芝說下去，聳了聳肩說：「其實容易被挑撥離間的我也有問題，如果我能多點信任、多點自信或是多問幾句，事情就不會發生了。」

發生的事情已經發生了，他們能做的只有緬懷。

「人生如果有存檔就好了，」楚煜函又說，「這樣子我就能回到高三去修改，堅持下去，現在的我們就不一樣了。」

「是啊。」羅允芝同意，這樣現在她身邊的人就是楚煜函了。

「學姐，我們逛完蝸牛巷了。」楚煜函忽然鬆開了手，看著前方的出口。「我們可以擁抱一下嗎？」

最多就是擁抱了，再多就不行。

「好。」羅允芝說。

楚煜函上前輕輕擁住了羅允芝，她瞬間熱淚盈眶，他的體溫、觸感、氣味，都跟以前一樣，沒有改變。

原來「景物依舊，人事已非」是這麼心酸的一句話。

「謝謝學姐。」楚煜函放開了她，嘴角掛著笑。

情感滿溢的雙眼裡，有著淚水。

第九章

高中時，講義氣的周思容真的抵達了台南，就怕羅允芝有什麼突發狀況，沒有辦法圓謊。

而貼心的周思容也怕楚煜函尷尬，雖然和他們搭乘同班次，不過不同車廂，也沒有特意和楚煜函打照面，只有跟羅允芝找個空位在高鐵上拍了合照，假裝真的一起出遊。

「真的謝謝妳，我會一輩子感謝妳的。」羅允芝不知道第幾次這麼說了。

「哎呀，就說了不用太謝謝我，以後結婚記得提到我這位貴人就好。」周思容每一次都這麼回應。

下車後，兩人也沒有特別打招呼，就各自走自己的行程了。

當時的羅允芝和楚煜函都沒有機車駕照，只能靠公車與步行，而零用錢有限，所以他們能去的景點不多，卻非常滿足。

即便天氣炎熱也緊握彼此的手，甚至在大熱天吃著有名的台南意麵，之後又跑去吃小卷米粉，再跑去排隊吃鹹粥。

一整天下來，他們吃的東西不少，最後還迷路到了巷子裡，在每個地方留下了接吻痕跡。

隨著夜晚來臨，羅允芝越來越緊張。他們在夜市買了烤肉串和手搖飲回到旅店，一邊吃一邊隨意聊天，最後兩人都逐漸安靜下來。

「學姐要先洗澡嗎？」楚煜函問。

「嗯……好。」羅允芝心跳加速地回應。

她起身走到自己的行李旁，翻找著睡衣和內衣褲，雖然背對著楚煜函，但她總感覺自己被直勾勾地盯著，一舉一動都十分僵硬，就連呼吸都覺得壓迫。

好不容易把內衣褲藏在睡衣裡面，她頭也不敢回地衝進浴室，從鏡子才發現自己的臉紅透了。

他們今晚會發生什麼嗎？還是不會發生什麼呢？

心跳劇烈的她，將衣服放到一旁的置物架，打開了水龍頭，氤氳水氣蔓延浴室，脫掉了衣服，她開始沖澡，對於等會可能發生的事情充滿了無限想像。

當她洗好澡、吹好頭髮，再三從鏡子裡確認自己看起來很好，才走出了浴室。

楚煜函坐在椅子上看電視，他無法專心，全身的細胞與感官都在浴室裡的羅允芝身上。

當她走出來時，屋內都是沐浴乳的香味，而她剛出浴的模樣——紅潤的唇與迷離的雙眸，白裡透紅的肌膚，居家的棉質睡衣等，沒有一處不引起他的慾望。

「我洗好了。」

羅允芝的聲音快成爲壓垮他理智的最後一根稻草。

「換、換我去洗。」他不能失去理智，他不能強迫她做不想做的事情。

雖然……她答應過夜，而過夜又住同一間房，本身就……

還有下午在巷子裡的熱吻，他確定當時有碰到她的胸部，但那是不小心的，而她也沒有反抗……

楚煜函飛快拿好自己的衣物衝進浴室，接著用力搖搖頭。

「楚煜函，冷靜。」他低聲這麼告誡自己。

結果，他就連看見浴缸裡殘留的水滴都害羞到不行。剛才她裸著身體在這裡洗過澡……

「楚煜函，你眞是沒救了……」今晚無論會不會發生什麼，他都沒辦法睡了。

「學姐，我們要不要買宵夜回去吃？」楚煜函在經過滷味攤的時候這麼問。

「現在又不是高中時代，這時間吃宵夜會胖死的。」羅允芝抿嘴，但好久沒有吃滷味了，味道眞的好香。

「學姐一點都不胖啊，看起來身材很好呢。」楚煜函說。

「那是因爲我都遮住了。」

「那學姐很會遮！」楚煜函再次比了比滷味攤，「既然如此，吃一點也沒關係吧？」

羅允芝思考了一下，「好，難得。」

兩人之後還到便利商店買了點啤酒。

在電梯裡，楚煜函提議到他房內吃宵夜，「但今天流了一整天的汗，我想先回去洗澡，還是我們整理完畢再集合？」

「也好。」羅允芝感覺自己都有些發臭了。

兩人各自回房，羅允芝在整理行李並準備洗澡的時候，才想到一整天都沒有和韓衍聯絡。

雖然平時他們若各自回自己的家也很少在聯絡，但或許是罪惡感作祟，羅允芝心虛地主動點開了韓衍的ＩＧ，停在訊息框很久，發現自己無論說什麼都很奇怪。

而且，要是韓衍忽然想跟周思容通話呢？

雖然韓衍從來沒有這樣過，但是萬一呢？

一切恐怖的想像讓羅允芝關掉了訊息，或許沒有聯絡就是最好的聯絡。

她洗好了澡，來到了楚煜函的房間。

「你們要睡覺了嗎？」周思容傳來簡訊，讓羅允芝覺得又害羞又煩躁。

「不關妳的事！」她氣呼呼的回應，這時，浴室的門正巧打開。

「學姐，我們要睡覺了嗎？」楚煜函小聲地問，室內再次蔓延了相同的沐浴乳味道。

羅允芝心跳加劇，看了一下時間，「嗯，好像也該睡覺了。」

「那……學姐要睡哪邊？」

「我都可以，你先選吧。」

楚煜函爬上了右邊的床位，馬上進入被窩躺著，羅允芝則確認門鎖之後，才爬進去被窩。

這一切的動作看起來很自然，但天知道她有多緊張，心臟彷彿要從嘴裡跳出來，她全身都在發抖，甚至連說話的音調都有些飄掉。

「那我關燈囉。」羅允芝不敢回頭去看楚煜函。

在漆黑的密閉空間裡，寧靜得只聽得見兩個人的呼吸聲，過一會兒，眼睛習慣了黑暗，她能從窗簾細縫看見透進的光，還能聽見外頭車輛的行駛聲、偶爾樓上出現的腳步聲，或是旅舍走廊其他住客回來的談笑聲。

明明是個密閉空間，可是卻不是只有他們兩個，這麼一想，羅允芝好像就沒有那麼緊張了。

就在她有些睡意朦朧的時候……

「啊……」

忽地，一個嬌喘聲清晰傳來，羅允芝嚇一大跳，瞬間清醒了。

「啊啊——」那個聲音清晰又劇烈，同時還伴隨著一點床板搖晃的聲響。

羅允芝在腦海中尖叫：這是怎樣？隔音怎麼這麼差！

拜託拜託，希望楚煜函已經睡了，不然就太尷尬了。

「咳……」楚煜函輕咳了兩聲，非常不自然。

很好，他沒有睡，他也聽見了，而且很尷尬。

「隔音好差呢。」羅允芝尷尬地說。

「對、對啊……」楚煜函嚇了一跳，「我還以爲學姐睡了。」

喔，不，早知道就裝睡了，爲什麼要說話呢？

「沒、沒有，她聲音這麼大，怎麼睡？」

「要不要打電話給櫃檯，請他們小聲一點？」楚煜函提議。

「不要啦，好尷尬。」羅允芝挪動了一下身體，「不然我們開電視，把聲音蓋過去？」

「好主意，那就……」楚煜函伸手摸向牆壁的電源開關，同時羅允芝也起身準備拿遙控器。

就在床頭黃光亮起的瞬間，兩人對到眼，凌亂的頭髮、居家的睡衣，還有如此靠近的兩人、無瑕的肌膚以及相同的氣味。

他們都想起了下午的那些吻。

「學、學姐。」楚煜函滿臉通紅，握緊雙拳說：「我……能不能在這裡也留下紀念？」

羅允芝臉頰紅通通，覺得好熱、好緊張，心跳快到幾乎疼痛的地步。

「可以嗎？」楚煜函害怕被拒絕，卻又強忍著某種慾望。他的臉不知道是不是黃光的影響，看起來十分紅潤，眼中帶著水氣，彷彿被拒絕了就會哭泣一般。

「嗯……」

羅允芝才輕輕地點了下頭，楚煜函立刻撲了上來，用力環抱住她，雙唇吻上她的，貪婪地吸吮、舔舐著。

她不曾經歷過這樣的吻，那使得她無法呼吸，也無法應付，可是她推不開他，也不想推開。

羅允芝抱住他，兩人的身體更加接近，也吻得更深。

密閉的房間，寧靜的空間，兩人喘息，呼吸交纏，分不出劇烈的心跳與熱度是誰的。

❧

「所以妳現在在家嗎？」

就在羅允芝準備按下楚煜函房門的電鈴時，周思容的訊息傳來。

「怎麼了？」她飛快回應。

「問一下而已。」

對於周思容的問題她感到怪異，但此刻的她不想多問，她不想節外生枝，過完今晚再說吧。

叮咚——

「學姐。」洗好澡的楚煜函打開門，對她微笑。

楚煜函已經把滷味都攤開放在桌上，羅允芝進門後，他從冰箱拿出啤酒。

「學姐，妳該不會還有化妝吧？」楚煜函坐到床邊，把啤酒放到滷味旁，看著羅允芝的臉笑著問。

「我很想說沒有，但我有上素顏霜。」畢竟早就過了素顏也很美的無瑕年紀，有時候人還是要服老一點，況且這樣氣色也會比較好。

「我覺得學姐無論怎樣都很美。」

「又來了，你對誰都這樣說話嗎？」羅允芝笑了聲，「聽久了感覺很不真誠耶。」

「我可不是對誰都這樣的，我只對學姐這樣。」楚煜函說得輕巧，也無從查證是真是假。

她坐到椅子上，插起一塊米血，雖然有點冷掉了，不過還是很好吃。

「學姐，乾杯。」

「乾杯。」

他們仰頭喝下啤酒，沁涼的液體灌入喉嚨，清爽的口感讓羅允芝感覺彷彿置身天堂。

「我們也到了都可以喝酒的年紀了，以前第一次過夜時還沒有辦法喝呢。」楚煜函感嘆。時間真的過得太快了，快到當他們回首時，就連過去都過去得太久。

「嗯……」

或許是夜晚特別感傷，兩個人細數著過往點滴，搭配著酒精濃度不高的啤酒，竟然也有些許醉意。

話題逐漸走向尾聲，只剩下靜謐與沉默充斥著房間，這不妥，也不好。他們之間最不需要的就是留白，留白會有無限遐想，這實在太危險了。

「我差不多該回房了……」羅允芝起身，但楚煜函拉住了她的手腕。

「學姐。」楚煜函的眼裡有著與多年前相同的慾望，但此刻的他們不是以前的關係，再怎樣回味過往，還是不能昏頭。

所以楚煜函鬆開了手，微笑道：「之前我說要幫妳化妝，記得嗎？」

「啊……現在嗎？」羅允芝失笑。

「嗯，我化妝品都有帶來。」楚煜函起身，打開了衣櫃，拿出了黑色的化妝包，「這是我吃飯的工具，我可是全帶了。」

雖然很想說「下次吧」，但或許不會有下次了，所以羅允芝點頭了。

桌上殘餘的滷味被丟到了垃圾桶，好幾罐喝完的啤酒放置一旁，桌面經過擦拭，放上了各式各樣的化妝品與筆刷，羅允芝的頭髮從兩邊被夾起，坐著看楚煜函整理刷具的模樣。

「你看起來很專業呢。」

「我就是專業的啊。」

「我很好奇專業的彩妝師會不會讓我的臉變成另外一個人。」

「學姐保持原本的樣子就很好了。我不是要讓學姐變成另一個人，而是讓學姐呈現最好的面貌。」

「是嗎？我很期待。」羅允芝閉上眼睛。

楚煜函用了兩款不同色的粉底液調製成適合羅允芝的膚色，濕潤又涼的液體藉由刷毛撫過了她的臉，海綿順著她的輪廓按壓，緊緊貼合在她的肌膚上。

她就像個稀世珍寶，被楚煜函小心翼翼地捧在手指尖上，輕柔地滑過她臉上的肌膚，碰觸帶點搔癢、帶點欲拒還迎，一切的一切都騷動難耐。

現在楚煜函是什麼表情？

眼睛看不見的時候，其他的感官變得更加敏銳，她可以感受到楚煜函吐在她臉上的氣息，帶點酒味又帶著令她陌生的男人氣味。

她的唇被軟刷毛撫過幾次，塗著護唇膏，塗著唇釉，好癢，好緊張、好心動。

這段時間好漫長，也好短暫，這是他們之間唯一合理的碰觸。

「完成了，學姐。」

她張開眼，看見楚煜函帶著微笑遞給她鏡子，她從裡頭看見了自己。

「好漂亮……」

「學姐在稱讚自己漂亮嗎？」楚煜函調侃。

「不是啦，我是說你的妝……這妝感太好了，我好像開了美顏濾鏡一樣，毛孔都不見了，也沒有浮粉……還有黑眼圈跟細紋幾乎消失，你太強了吧！」

「我之後希望能自立門戶，目前還在努力中。」楚煜函說出了自己的夢想。

「你閃閃發亮呢，楚煜函。」

「學姐才閃閃發亮呢。」

她看著楚煜函盯著自己的雙眼，那不帶保留的慾望展露無遺。一想到剛才都是被這樣的眼神注視，讓她的臉倏地泛紅。

「學姐，閉上眼睛，我幫妳卸妝吧。」楚煜函說。

閉上眼睛，會發生什麼事？

不行、不能，這一切都太危險了。

但，羅允芝還是閉上了。

周思容睡前接到了羅允芝媽媽的來電，問她羅允芝的電話怎麼都打不通，擔心出事，所以才打到周思容這。

她在慌亂之中只好說羅允芝已經睡著，打發了羅媽媽後，趕緊打電話，但打了好幾通，羅允芝都沒接。

「要死了，妳媽打給我，說明天要去高鐵接我們。妳明天搭幾點的車？我們要一起回去！」

隔天，起床的羅允芝看到這訊息簡直嚇死，同時也看見媽媽打了十幾通電話。

她馬上回電給周思容，和她約定好時間，心煩意亂地對楚煜函講這個壞消息。

「這樣我們要分開回去嗎？」楚煜函依依不捨地抱著她。

「預防萬一，還是這樣比較保險，否則我媽如果在高鐵站不小心瞥到你，那就完蛋了。」羅允芝心跳得好快，跟昨晚那種心跳完全不同，現在是恐懼啊！

「學姐，我們以後要再一起出來玩喔。」楚煜函從背後環抱住她，親吻了她的脖子。

「我們以後再來吧。」羅允芝也回頭吻了他。

楚煜函跟羅允芝雖然一起到了高鐵站，但怕與周思容見面有些尷尬，所以楚煜函進到車站後便往另一個方向走，羅允芝則前往和周思容約好的位置等。

周思容已經在那，她一見到羅允芝立刻衝過來抱住她。「我真的要嚇死了！我被我媽抓包都沒有這麼緊張過。」

「對不起，給妳添麻煩了。」

「這對心臟真的不好。」周思容左右張望了一下，「學弟呢？」

「怕見到妳尷尬，所以他去別的地方了。」

「臭小子居然沒有來答謝我！」周思容氣呼呼的。

「有啦，他剛剛給我錢，要我們買個布丁回去。」

「好吧，算他識相。」周思容哼了聲，上下打量她，「所以說，你們昨天有怎樣嗎？」

羅允芝的臉微紅，「什、什麼怎樣？」

「妳懂我問的是什麼！難道要我問得更明白？」

「我們沒有怎樣啦，就睡覺而已。」

「怎麼可能！」

「真的，我們只有睡覺，很累耶。」羅允芝覺得好熱，「好啦，快點來去買布丁。」

「我才不相信。」周思容笑道，但也沒有再追問下去。「雖然我這次要嚇死了，但如果以後你們還需要我這顆煙霧彈的話，我還是很樂意喔。」

「哼。」

那時候，她們都以為，羅允芝和楚煜函還會交往很久很久，誰知道大一下學期他們就分手了。

所以周思容再也沒有當過他們的煙霧彈。

直到多年後的今天，但欺騙的對象不是媽媽，而是羅允芝的男朋友。

而周思容本人也不知道，她再次當了同一個男人的煙霧彈。

回到台北後，羅允芝第一件事情就是打電話給周思容。

「妳有空嗎？」

「唐恩在家，所以我算是有空。」周思容覺得有些古怪，「妳怎麼了？」

「我想跟妳聊聊天。」

「那約我們家附近的咖啡廳好嗎？」

「好，我大概半小時後到。」羅允芝掛斷電話，上了計程車直奔周思容那，同時傳了訊息告訴韓衍，她會先和周思容吃完飯才回去。

羅允芝抵達咖啡廳時，周思容也剛到，兩人寒暄了一下，周思容主動問：「我覺得妳有點奇怪。」

「爲什麼這麼說？」

「就是一種直覺，妳說什麼想自己單獨的……我後來仔細想想覺得有點奇怪，但又不知道哪裡怪。」周思容咬唇，「妳對我說謊了對吧？到底發生了什麼事？」

「我其實和楚煜函聯繫上了。」

「什麼？」周思容瞪大眼，「聯繫上？聯繫上多久了？等一下，難道妳這次是跟楚煜函……」

「對。」

「天啊，羅允芝，妳在想什麼？」她大喊，引來周遭客人的側目，她趕緊壓低聲音，「你們……有發生什麼事情嗎？」

「沒有。」

「我不相信！」

「妳記得以前高中時，妳在隔天也問過我一樣的問題嗎？」

「對，妳也說沒有。」

「眞的沒有，那時候沒有，這一次也沒有。」

「我跟那時候一樣不相信。」

「我沒有辦法阻止妳的想法。」

羅允芝搖頭，喝了口果汁，周思容咬著唇，覺得有些想哭。

「允芝，妳好像變得有點不一樣了。」

「怎麼個不一樣法？」

「有點……不像妳。」周思容看著她的眼睛帶了些疼惜，「我有很多事情想問清楚，可是我又怕聽到答案，所以我只能問，那妳決定什麼了？」

「首先，我要辭職，我要找尋我眞正想做的事情。雖然我已經三十幾歲了，好像有點晚，但我要先這麼做。」

「……然後呢？」

「我回去後，會跟韓衍求婚。」

周思容驚訝地瞪大了眼，「所以妳要回韓衍身邊？」

「嗯，我不能沒有韓衍。」

「既然妳知道不能沒有韓衍，那為什麼還要跟楚煜函見面……還是正因為和楚煜函見過面了，才認為韓衍更好？」

「我一直都沒有想離開韓衍。」

那為什麼要跟楚煜函見面？周思容想問，但是問不出口。

她想聽到什麼答案？能得到什麼答案又重要嗎？

無論她知道了什麼，她都不可能去跟韓衍說，也不能跟唐恩說。

或許她知道的越少越好，這樣以後面對韓衍才不會有罪惡感。

「……所以妳這算是婚前的單身派對嗎？還是婚前的恐懼之類的？楚煜函只是妳的一個試探性存在？」

「他是我的青春。」

羅允芝說得簡短，也表明了點到為止。

不是當事人，無法理解。

青春無價，無論多少金錢都換不回來，然而它閃耀奪目，連同青春裡存在的人也會光芒萬丈。

當青春招手時，多少徒留遺憾的人不會回頭？

「如果我是韓衍一定氣死，妳得要跟青春比較過後才明白我的重要嗎？」周思容嘆氣，「但是我不會評斷妳，也發誓永遠不會說，我希望妳幸福，因爲我是妳的朋友。」

「謝謝妳。」一直繃緊的弦終於放鬆了，羅允芝掉下了眼淚。

她會守著這個祕密一輩子，但這時刻，有個人可以傾聽對她來說至關重大。

「那我們拍張照片吧？」周思容笑著說，「總要有點證據吧？」

「妳跟以前一樣都沒變。」羅允芝笑著應，和她合照了一張。

「對了，這些行李可以先放在妳家嗎？」羅允芝開始安排不露餡的小細節，「我怕我回家時韓衍已經在了，他要是看到我拿著行李，會解釋不了。」

「我也不能把行李帶上樓，唐恩會問……我先放在一樓管理室，告訴警衛明天會有人來拿，妳明天記得要來拿。」

「謝謝，有朋友眞好。」

「高中時，我說以後還願意當你們的煙霧彈，但我可不想以後還有這種事情發生了。」

「我保證不會了。」

「那妳和楚煜函就斷了嗎？」

「嗯，我們兩個都好好跟青春說再見了。」羅允芝輕聲說。

不知道實際狀況是怎麼樣，但周思容也不想知道得太過詳細，於是兩人把這話題放下，永遠放下。

離開咖啡廳，羅允芝突然好想見到韓衍。

她在昨晚意識到，如果她跟楚煜函在一起直到現在會過怎樣的生活，她其實是無法預料的，因爲那些事情都沒有發生，正因爲沒有發生，才會美好、才會懷念、才會想像、才會完美，也才會充滿遺憾。

她對韓衍有諸多抱怨跟委屈，那是因爲韓衍存在於她的生活、她的人生、她的現實。

正是因爲他們眞眞實實地在一起、眞眞切切地相處，才會有這麼多摩擦，這是他們一起生活著的最佳證明。

青春美好，但現實才是人生。

而若今天眼前有個人會消失的話，她不希望是韓衍。

她無法想像，韓衍消失在她的人生中。

若她的生命不曾與韓衍相遇，也不曾與韓衍相愛，那今天的她還是她嗎？

她的改變，眞的是因爲韓衍嗎？

韓衍或許會影響她，但那不是藉口。

她的過去的確是楚煜函，但只有韓衍是她想要的未來。

只有韓衍，能成就她的人生。

因心情激動，她拿著鑰匙的手都在顫抖，當她扭開了門鎖，發現韓衍已經在家了。

「這麼快就回來了？」正在喝水的韓衍有些驚訝。

羅允芝脫掉了鞋子，朝韓衍奔去，抱住了他。

「水要打翻……」

「我要離職。」

「啊？」

「我沒辦法再做那份工作，那讓我覺得自己很沒用，我還沒想到可以做什麼，我只知道那不是我想做的，但我希望得到你的支持。」羅允芝一口氣把話說完，她害怕著韓衍的回應，但她也不想再忍耐下去了。

委屈從來都是自己給自己的，是她沒有嘗試說出自己眞實的想法，是她沒有反駁與抗爭過。

明明，過往的她總會把話說清楚，她不能怪罪生活或是韓衍磨光了她的個性。這是她的問題，是她選擇面對生活的方式。

「好。」韓衍的手放到了她的腰上，「妳想怎麼做就去做吧。」

說出口，其實比想像中容易。

「還有，我們結婚吧。」羅允芝掉下眼淚，「我想和你共組家庭，想和你生兒育女，我不想要因爲懷孕而結婚，我想要因爲相愛結婚、因爲相愛而生孩子。」

韓衍放下了水杯，兩手用力抱住她，「好。」

原來，就這麼簡單。

第十章

韓衍算是別人眼中的「人生勝利組」，他出生在還算優渥的家庭，國高中的暑假有時會到國外遊學，但生性貪玩的他並沒有把那當作學習的機會，而是玩樂。

所以韓衍的青春可謂多采多姿，所有人都覺得韓衍一定會玩到三十多歲，畢竟他總是來者不拒，去者不追，每次出席聚會身邊的女人總是不同，但不變的是身邊總不缺乏對他有興趣的人。

但韓衍也有屬於自己的價值觀，當他身邊有固定伴侶時，也會無比專情——雖然固定伴侶總是不長久就是。

畢業後的韓衍職業生涯也算順遂，每年一次的加薪漲幅也頗令人滿意，身邊的女伴也總是一個接著一個，正當每個人都以爲韓衍會一路玩下去的時候，羅允芝出現了。

那是一場朋友在夜店舉辦的派對，羅允芝是朋友的朋友，照理來說應該不熟悉現場的人，但是她卻熱絡地和每個人聊天，得體的談吐與優雅的氣質與在場的其他女性有著明顯不同，讓韓衍對她留下了深刻的印象。

「嗨，我叫羅允芝，誤打誤撞陪朋友來到這個場合，想說來都來了就盡情地玩。」羅允芝拿著酒杯看著韓衍，「你一定是很受歡迎的那種類型吧？」

韓衍舉起酒杯，並沒有否認，「看妳這麼容易和大家打成一片，應該更受歡迎？」

「這應該是兩回事吧，既然都出來玩了當然要好好社交呀，還裝文靜就沒有意義了。」

雖然羅允芝這麼說，但韓衍看得出來羅允芝不是愛玩的類型。她只是在適應這個環境，學習融入。

之後，兩個人交換了聯絡方式，後來也約出去看過幾次電影、吃過幾次飯，一開始他只是覺得羅允芝是他的好球帶，不過隨著認識越來越深，他逐漸被羅允芝吸引。

要說漂亮，羅允芝絕對不是他身邊最漂亮的女人，個性也不是最溫柔的，工作、想法、契合度等，絕對都不是最佳的。

但很神奇，韓衍就是最喜歡她。

都說比較是件不好的事情，但很多事情其實都需要透過比較才會知曉。

正是因爲韓衍交往過這麼多對象，才更能在短時間內明白對方適不適合自己。

於是，韓衍主動提起交往，羅允芝紅著臉答應了。

韓衍和人交往不是稀奇的事，但和同一個女人交往超過一年卻是第一次。

他們到處遊山玩水，也經歷幾次爭吵又和好，慢慢地更加認識彼此，知道雙方的地雷，盡量不去碰觸。羅允芝開始頻繁出現在韓衍所有朋友面前，這跌破了眾人的眼鏡，但是見到韓衍栽在一個女人手裡，也讓同學朋友感到欣慰，沒有人會特意在羅允芝面前提起他的過往。

「難道你都沒有想跟羅允芝結婚嗎？」第一個問他這個問題的是陳詩婷，她是韓衍的大學同學，同時也是賴志倫的女朋友。

那時候的他們大概也才二十八歲，這問題讓韓衍覺得有些可笑。

「結婚？我們又還沒三十歲。」

「女人的時間是很寶貴的，如果你想要生小孩，當然要趁女生還年輕呀。」陳詩婷搖著頭，一旁的賴志倫沒有接話。

「喂，你有聽到詩婷在跟你逼婚嗎？」爲了讓話題從自己的身上移開，他把這個燙手山芋丟回給賴志倫。

「咳，她現在是在講你，不是在跟我講。」賴志倫慌張。

「你們男人爲什麼提到這種事情就躲避呀？塑造成是我們女人在逼婚，明明就不是。」陳詩婷抱怨，「我們有時候只是想討論一下，規劃一下未來。」

兩個男人面面相覷，彼此心照不宣地認爲這種「討論」根本就是一翻兩瞪眼，「順其自然」或許是一種逃避的回應，但有時候眞的只能這樣回答。

「還是其實你沒有把羅允芝當結婚對象？」陳詩婷又問。

「怎麼說呢……我當然想過有一天要結婚，但至於那個對象是誰，就取決於當我想結婚時身旁是誰吧。」

「挖勒，好渣！」陳詩婷做了個鬼臉，「應該是『這個人令你想結婚』，不是『結婚時候到了看身邊是誰』吧。」

這當然是屬於女人的夢幻想像，有時候想不想結婚眞的是天時地利人和，否則大家都說難忘初戀，那爲什麼不是每個人都跟初戀結婚呢？

現實的因素總是要顧及，婚姻是愛的結合沒錯，但結婚之後是現實生活，所以婚姻必須考慮到現實，這一點絕對沒有錯。

可是，有時候女人無法接受這樣的觀點。

「好啦好啦，今天難得我們三個人一起聚餐，就別聊這個了。」賴志倫趕緊打圓場。

「就是因爲只有我們三個我才問的，羅允芝在的時候我怎麼問？」陳詩婷推了賴志倫一下，「我和韓衍也是朋友，我當然會關心。」

「我只能說現階段我沒有想結婚，所以無法想像。」韓衍也老實說，「而且，我也不覺得羅允芝現在想要結婚。」

「或許五年後？」陳詩婷問。

「大概吧。」韓衍聳肩，「那你們呢？有想要結婚？」

「欸……」賴志倫露出了爲難的表情，怪罪地瞥他一眼。爲什麼又把話題轉回他們身上？

「我才不要講勒，等等又說我在逼婚。」陳詩婷哼了聲，換來賴志倫的尷尬。

看來，他們也是有自己的難題呀。

「妳有想過幾歲要結婚嗎？」

當羅允芝在同一天晚上來到他租屋處過夜時，韓衍這麼問。

「我以爲男生不會主動聊起這種話題。」羅允芝有些驚訝。

「爲什麼？」

「因爲男生普遍恐婚？」羅允芝說完還笑了，「我現階段沒有想要結婚。」

聽到她這麼說，韓衍鬆了一口氣，同時也覺得自己算是挺了解羅允芝的。

「那妳覺得什麼時候會想結婚？」

「我也不知道。」她聳聳肩，夾起青菜往嘴裡送，「你想跟我結婚？」

「妳問得好直接。」

「本來這種事情就要直接問啊。」羅允芝笑著回。

是呀，這就是羅允芝的魅力，他最喜歡羅允芝的就是她的直接爽快，不拐彎抹角，不隱藏自己的想法，有疑問就問，有問題就解決。還有就是羅允芝很勇敢，總是會在一些奇怪的地方有所堅持並發聲。

他喜歡有自信的女人，喜歡抬頭挺胸生活的女人。

「我其實也不知道。」韓衍老實地回。

「大概就是這種感覺吧。我現在不想結婚，但如果有一天想結婚了，身邊的人還是你的話，或許就會結婚了。」

韓衍驚訝，羅允芝的想法竟然跟自己如此相像。

「我也同意。」在這瞬間，他腦海中閃過了他們未來一起生活的模樣，「我們要不要同居？」

「同居嗎……要是有一天我們會結婚的話，婚前的同居也是必要的呢。」

「那我們就同居吧，得先跟妳爸媽打招呼，也跟我爸媽打聲招呼，然後一起看房子……」

「這樣好像婚前準備。」羅允芝笑稱，韓衍也笑了。

「但我們沒有要結婚。」

「是呀。」

後來一切的進展都很快速，他們去彼此家中拜訪，但因爲只是同居，不是結婚，所以兩方父母並沒有見面，不過彼此的父母倒是認定了對方就是自己未來的女婿與媳婦。

同居後，一開始的確濃情蜜意，每天回家都可以見到對方，吃一樣的食物，身上散發一樣的沐浴乳味道，連衣服都是用同一個洗衣精清洗。

兩人假日一起到賣場購物，有時候一起做飯，然後發現彼此的生活習慣不同的地方，經過幾次摩擦與爭吵，找到了兩人都可以接受的平衡。

很多時候，爭執的都是很小的事情。

例如韓衍洗完澡總是會把整間浴室弄得濕答答，但羅允芝是個洗完澡後可以保持浴室乾爽的人。

她好幾次要韓衍踏出淋浴間時腳先在踏墊上踩一踩，或是用毛巾擦乾，但韓衍就是做不到。

韓衍是個喜歡保持冰箱整潔的人，而羅允芝總是買很多冷凍食品將冰箱塞滿，這樣她才有安全感。

諸如此類的生活瑣事，其實都不是大事，但是日積月累，總是會遇到自己心情不美麗的那天，見到不合己意的地方就會發火。

有時候遇到這種事情，雙方都會氣個半死，內心想著「還好沒有跟對方結婚，隨時要分手都可以」，可是當情緒過去後，又會感受到自己和這個人在一起眞是太好了。

雖然在很多年之後，兩人彷彿失去了對彼此的熱度，因爲太過習慣了，變得裹足不前。

做出改變的還是羅允芝，她打破了僵局，與韓衍求婚了。

而一直逃避婚姻的韓衍也答應了，爲什麼？

羅允芝站在鏡子面前，看著穿著白紗的自己。

今天，就是她跟韓衍舉行婚禮的日子。

周思容在一旁幫她整理細節，與她對視的瞬間露出了微笑。

「妳一定會很幸福的。」

「嗯，希望跟妳一樣幸福。」羅允芝由衷地說。

「等等，沒有敲門……」唐恩慌亂的聲音在門被打開時傳了進來。

「媽媽！」周思容的大女兒衝了進來，雙手高舉跳到周思容懷中。

「抱歉啊，眞的拉不住，她一直吵著要找媽媽。」唐恩虛脫地表示，手裡還抱著一個一歲嬰兒。

「沒關係，你已經做得很好了。」周思容露出沒辦法的表情，偷偷對羅允芝眨了眨眼。

她曾說過，要把男人當作自己的第一個孩子，也就是自己的大兒子。給他鼓勵與稱讚，因爲所有的男人都是小孩，結婚——尤其是生了孩子之後，媽媽才是撐起家的核心。

很多事情只能不計較，睜一隻眼閉一隻眼，這樣生活才會好過一點。這樣的話聽在年輕又單身的人耳裡，會覺得這是委屈與失去了自我，可是不是的，這只是隨著年紀與生活的改變總結出來的人生領悟與生存之道。

還有，周思容總是說：「婚姻，就是在要去買殺他的刀的路上，看到一件衣服很適合對方，於是先買了衣服，刀就明天再買吧，就這樣過了一輩子。」

羅允芝曾經不能理解，但周思容說，有一天她會理解的。

或許會找出不同的理解方式，但大家都是一樣的，都希望婚姻與生活能變得更佳美好。

「允芝，妳今天眞漂亮呢，沒想到有一天可以看到妳穿上白紗的模樣。」唐恩抱著孩子對羅允芝說，話語裡盡是調侃。

「你不怕周思容吃醋嗎？」羅允芝也回應。

「拜託，我們早就過了吃醋的階段了。」周思容在一旁擺手，「孩子都生兩個了，都我在照顧，房子也是我的名字，他要是亂來我一定離婚，而他什麼都拿不到。」

唐恩聽了搖搖頭，「結婚證書是人生最不公平的合約。」

雖然兩人開著這種地獄式玩笑，但感覺得出來他們的感情很好。

「你們之間沒有祕密嗎？」羅允芝問。

「這種話應該要我們其中一個人不在再問吧！」唐恩怪叫著抗議。

「當然有祕密啦，就算我們是夫妻共同體，但也還是周思容與唐恩這兩個個體，我們有自己的過去、自己的人生經驗和自己的想法。」周思容倒是不避諱。

「瞧她說得那麼理智，可是她卻會看我的手機……」唐恩抱怨。

「沒有鬼的話讓我看一下手機又怎麼了！」周思容瞪了他一眼，「妳會看韓衍的手機嗎？」

「不會，他也不會看我的。」

周思容十分驚訝，倒是唐恩露出了「妳看吧」的表情。

「不可思議呢。」

「或許某個程度，我覺得能看彼此手機的關係很好，充滿了信任與共同體的感覺，但有時候，我又認爲不去侵犯彼此的領域也是一種信任的表示。」

這樣無論那個祕密花園裡頭種了些什麼花，彼此都不會被影響。

「看來妳已經開始體認婚姻了。」周思容說完，吻了她孩子的臉頰一下，「好啦，我們也差不多要進場了，你們到外面等媽媽好嗎？」

「好，媽媽，愛妳。」大女兒也回親了周思容的臉頰，在唐恩的帶領下離開了新娘休息室。

「有小孩是什麼感覺呢？」

「很難形容……有時候妳以爲自己很愛老公了，但更多時候妳會很想殺了他。可是孩子出生後，妳才發現原來妳可以這麼愛一個人，無論她做了什麼，妳都不會想殺她，只想把最好的給她。」周思容說完搓了一下雙臂，「說實在的，要是學生時代的我知道自己多年後會講這種話，一定會大吐特吐，然後說自己變成了令人失望的大人了，但是啊，我只能說年輕的自己眞的是太淺了，不管是眼界還是經驗，明明什麼都沒有，卻覺得自己是最聰明的，居高臨下看著一切。」

「所以人是會成長的。」羅允芝淡然地說。

她以為自己越活越倒退了，以為自己失去了青春時的自信與動力，但那只是她認真生活的證明。

「是呀，人是會成長的。」周思容帶著笑容說，將她的頭紗往前覆蓋，「妳今天真漂亮，允芝。」

「謝謝。」她熱淚盈眶，與她最要好的朋友擁抱。

當她在服務人員與周思容的陪同下來到喜宴廳門外，身穿西裝的韓衍已經站在那裡。

他看著羅允芝的眼充滿愛與歡喜，伸出手牽住了羅允芝的手。

「妳好漂亮。」這句話使得羅允芝的心跳加速。

「你也很帥。」她說，韓衍也難得地露出了羞赧的模樣。

沒想到在一起這麼多年，還能發現對方不同的樣貌，羅允芝笑了起來。

他們進場時，響起了熱烈的掌聲與歡呼，燈光有些眩目，而在這恍惚之中，她所見所感，只有韓衍。

她，這輩子只要韓衍。

休完婚假後，羅允芝正式提出離職。

她最後一天在整理物品時，余莉庭在一旁欲言又止，直到羅允芝對她說了再見，她才追了出來。

「允芝。」余莉庭喘著氣，手裡還提著一個袋子。

「莉庭姐，怎麼了？」她很驚訝余莉庭會追出來，他們甚至連歡送會都沒有幫她舉辦呢。

「這是送給妳的，祝妳一帆風順。」余莉庭把手上的提袋交給她，裡面是專櫃的茶具組。

「這太貴重了。」羅允芝不敢相信余莉庭會花這個錢，她們的關係有好到這個程度嗎？

「我啊，不太會說話，有時候聽起來很刺耳，但我並沒有惡意，到了這把年紀，有時候也很難改變了。」余莉庭笑著說，「恭喜妳結婚了，也祝福妳能找到更合適的工作，如果可以的話，我們偶爾見個面吃個飯。」

她提著那沉甸甸的提袋，想起了這些年和余莉庭的點滴，沒有人是完美的，我們每個人的模樣都是與社會磨合之下變成的形狀，或許有時候會被對方的尖刺傷害，可是每一次的相遇都是一場冒險，端看我們有沒有辦法發掘其中寶藏。

「謝謝妳，莉庭姐。我會暫時休息一陣子，之後一定會約妳喝下午茶的。」羅允芝有些哽咽，到了這一刻，才真的有要離開的實感。

「我們下次見，允芝。」余莉庭握緊她的手，隨後瀟灑地對她揮手說再見。

羅允芝三十三歲，就要三十四歲了。

她即將是高齡產婦，即將來到三十五歲的分水嶺，很快地她就會四十歲……她的人生已經走了一大半，但還不到一半。

沒有什麼時候太遲，沒有什麼無法改變。

年齡不會是她停滯的藉口與理由，她看向天空，那麼清澈湛藍，像極了許久前的學生時代，每次她放學後看向天空，那對未來充滿期待與希望的感覺。

她的青春無懈可擊，她在青春時遇見了最喜歡的人。

她的青春，已經沒有任何需要她佇留或猶豫的地方了。

「喂，韓衍，你今天晚上想吃什麼？我來煮……」

她打電話給韓衍——往後的這輩子，她要相處的唯一。

陽光從窗簾的細縫投射進來，羅允芝翻了身用棉被蓋住臉，一旁的人起身把窗簾拉起來，羅允芝因此睜開了眼睛。

「學姐，早安。」楚煜函打開了床頭燈，「我們搭高鐵的時間快到了，所以得起床了。」

「現在幾點了？」

楚煜函看了一下手機，些微睜圓眼，「我得打個電話，學姐請不要出聲。」

「好。」

接著，楚煜函拿著手機走到浴室，而羅允芝從床上起身，走到鏡子前整理了一下頭髮。楚煜函的聲音從浴室傳出來，但聽不太清楚，羅允芝考慮是不是先離開比較好，但又怕開關門的聲音會影響到他。

過一會兒，楚煜函出來了，一見到羅允芝站在門口嚇了一跳，隨即露出微笑。

「學姐要用浴室嗎？」

「我回自己的房間使用就好。」

不知道是不是夢醒了，也不知道是不是好好道別了，羅允芝總覺得眼前的楚煜函不再跟高中的楚煜函身影重疊，現在的楚煜函就只是楚煜函，一個普通的男人。

「那我們要跟高中一樣，分開回去，還是一起搭高鐵呢？」

「分開回去吧。」羅允芝走到房門前，手放在門把上停頓了一下回頭，問：「楚煜函，你是單身嗎？」

「我結婚了喔，學姐。」楚煜函臉上帶著微笑，而羅允芝也笑了。

「我想也是。」她轉身就要離開，但楚煜函叫住了她。

「學姐。」羅允芝回頭盯著他看，「我真的曾經很喜歡妳。」

「但都過去的事情了，不是嗎？」

「是啊，都過去了。」楚煜函聳肩，「學姐，現在的妳就有點像高中時代的妳了。」

「但你已經不是高中時代的楚煜函了。」

「是啊。」楚煜函扯了扯嘴角，「再見了，學姐。」

「再見。」

她離開了他的房間，沒有難受也沒有遺憾，有的只是悵然。

她好像夢醒了，應該說，她從來也不是在夢中。

因爲她心裡深處也知道，楚煜函怎麼可能是單身呢？

這也是她一直沒有問的原因，畢竟那沒有意義。

因爲，她自己也不是單身。

可是這一段再次相遇的時光，還是有其意義，讓她明白對自己的人生來說，哪個人最爲重要。

那個人，就是自己。

所以，她要嫁給韓衍。

她愛韓衍，但或許更愛自己。

——全文完

【番外】酒吧裡的她

韓衍脫下了黑色的長版外套，一旁的服務生接過了沾有些許雨露的外衣，用衣架掛到了牆上並細心擦拭，而韓衍的視線找尋著酒吧內的倩影。

他看見她就坐在吧台，正一臉憂愁地喝著調酒，他的嘴角些微勾起，朝女人的方向走去。

她實在太專注在自己煩惱的事情上了，所以沒有注意到有人正朝自己走來，也沒聽見其他女人的騷動。

韓衍來到她的身邊，「嘿。」

「啊。」因爲他的叫喚，她才回過神看向他。「你來啦。」

「嗯，妳想什麼這麼專注，都沒注意到我來了？」韓衍坐到一旁的高腳椅上，點了杯馬丁尼，看了眼她那杯酒，「瑪格麗特？」

「嗯，不喜歡。」她吐了吐舌，又嘆了口氣。

「那爲什麼要點？」他記得她喝的是酒精味更淡的調酒。

「因爲今天心情不太好。」她嘆氣，「莉庭姐又偷懶了，她沒做好的事情卻推到我身上，結果主管就找我開刀。」

「妳說那個前輩嗎？」韓衍一笑，看著眼前的女人。

羅允芝就算皺眉也非常好看，韓衍有時候都會懷疑，羅允芝是不是對自己下蠱了，不然爲什麼會如此吸引自己的目光？

「是呀，所以你知道我做了什麼嗎？」羅允芝露出狡猾的笑容。

「什麼？」韓衍被逗樂了。

「我呀，趁中午的時候，買了杯有酒精的飲料給她，莉庭姐不勝酒力，所以她整個下午臉紅到不行，還昏昏沉沉的，最後開會時睡著，被主管罵到不行。」羅允芝說完大笑起來，「所以，今天我才要喝杯瑪格麗特慶祝一下。」

「哈哈哈，妳眞敢！不怕莉庭姐越想越不對勁嗎？」韓衍也跟著大笑出聲。

「哼，我才不管，本來就是她自己的事情沒做好推到別人身上。況且，我很聰明，我可是請了所有人喝飲料，而且都點一樣的，她自己喝到醉是她的事情。」說完羅允芝又吐了下舌頭，「啊，當然是因爲我另外買瓶啤酒加到她那杯。」

韓衍笑到不行，雖然有一點沒道德，不過他就是喜歡羅允芝這種會反擊的個性，她不會自怨自艾，也不會自己吃悶虧，而是想辦法解決並反擊。

「對了，爲什麼今天改約這裡？」羅允芝問。

「因爲我很喜歡這個酒吧，它的酒、氣氛，還有整體……」話說到此處，韓衍瞇起了眼，深情看著羅允芝，她不禁有些臉紅。

「怎、怎麼了？」

「我在想，我們是不是要改變一下了？」韓衍笑勾起嘴角，側身看著她。

「改、改變？改變什麼？」羅允芝因爲緊張而口乾舌燥，想拿起桌上的水解渴，卻喝下了更多的酒，酒氣上衝，她臉頰上的紅潤不知道是因爲酒還是心跳引起的。

「像是每天通電話、上班的時候聊天、分享生活的各種大小事情……」韓衍轉著眼，一邊細數他們平常會做的事情，然後一隻手逐漸移到羅允芝放在桌面上的手，輕輕覆蓋在她的手背上，「或是像這樣在週五晚上約在酒吧見面，偶爾去看午夜場電影，週末也一起出門遊玩吃飯……還有，當我這樣碰觸妳時，妳不會拒絕……」

「這……」羅允芝的臉通紅。是她想的那樣嗎？

「我們交往吧？」韓衍說完後一笑，「還是我們早就像是在交往了？」

「我、我不知道。」羅允芝搖頭。

「不知道什麼？是不知道要不要交往，還是不知道我們早就像是在交往了？」

「都不知道啦！我們就跟之前一樣相處不好嗎？」

她連臉紅都這麼可愛，韓衍覺得就算一輩子看著她的臉龐，他都不會膩。

「眞是困擾啊，如果不說清楚的話，很麻煩呢。」韓衍興起了惡作劇的念頭，故意如此說。

「爲什麼？」羅允芝一愣。

韓衍笑著，「因爲沒交往的話可不能做這種事情。」

他喝下一口馬丁尼，傾前吻上羅允芝的唇，接著撬開了她的嘴，那濃郁的酒灌入她口中，伴隨著韓衍的陽剛氣味，讓羅允芝差點就軟了腿。

不捨地離開了她的唇，還眷戀地用舌頭舔了下，見到她如同少女漫畫才會出現的通紅臉蛋，韓衍笑了起來。

「要是沒說清楚的話，就不能做這種事情了。」

「你、你這個笨蛋，你不是都做了嗎？」羅允芝摀住嘴，看了眼旁邊，才注意到其他桌的女孩子有些羨慕、有些惋惜地看著他們。

正確來說，是看著韓衍。

她看著眼前高䠷又帥氣的男人，有些不敢相信。爲什麼他會喜歡上自己？

「所以羅允芝，我們要交往嗎？」韓衍撐著頭笑著，帶點玩味。

「都、都這樣了，我們當然是……」羅允芝抿了抿唇，倏地伸手拉了韓衍的衣領，將他往下拉往自己。

韓衍沒料到羅允芝的舉動，下一秒，她已經吻上了他。

下一刻，羅允芝鬆開手，這下換韓衍紅起了臉。

「嘿嘿，我們就交往吧。」羅允芝咧嘴笑著，那紅潤的雙頰就像盛開的花朵般紅豔。

「妳眞的是……」韓衍也笑了。所以說，他怎麼會不喜歡羅允芝呢？

這個總是帶給他驚奇的女人。

多年後，韓衍久違地踏入了同樣的酒吧，這裡卻彷如昨日，沒有什麼改變。

他脫去了長外套，一旁的服務生一樣接過，掛到了衣架上。

韓衍的目光掃過酒吧，引來了許多女人的關注，而他則看見坐在角落的女人。

他猶豫了一下，最後還是抬腳走了過去。

「嘿。」韓衍開口，女人抬起頭，看起來有些憔悴。他坐到了她的對面，「今天怎麼沒有選擇吧台？」

「想說角落好。」她苦笑了一下，「畢竟你太受歡迎了，躲在角落，才不會被其他女人注視。」

「我想妳也沒注意到有多少男人看著妳吧？」韓衍這句話並不是恭維，他剛才踏進門時，就注意到許多人被眼前的女人吸引。

「哈哈，少來了。」女人笑著說。她失去了過往的自信，現今變成一個隨波逐流的人。

「連我自己都不喜歡現在的自己了，別人怎麼會喜歡我？」

「我啊，」韓衍說，「我喜歡妳。」

「是嗎？」女人揚起一抹微笑，「謝謝你。」

他的喜歡，在此刻對她是多麼重要的事情。

「我也喜歡你。」她說。

【後記】所謂長大是可以「可愛」地看待過往

啊啊啊啊！終於再次與大家見面啦。

真是奇怪，我明明就覺得每天都有在寫稿啊，怎麼距離上一本書已過了半年呢？我還記得二〇二四年我的願望就是今年要恢復過往，要好好回到正常軌道好好寫稿的呀。

結果就是，我每年都沒有達成我的願望，我是不是不要許願了？哈哈哈。

謝謝大家再次拿起我的書本閱讀，希望你有愉快的閱讀體驗——但是根據這本書的內容，我想不會太愉快。

我幾乎可以想像得到大家對羅允芝的評價了，也一定有很多疑問，比如關於那一晚到底如何，我只能說，就交給你們去想了，你們認爲是怎麼樣就是怎麼樣。

我寫完故事以後，故事就交給你們了。

這樣的回答有沒有覺得很熟悉呢？

根據你們看完故事的想法，還有對於裡頭角色的了解，再加入你們自身經歷的判斷，去重組那晚的事件，就能得出屬於你們自己的答案。

感覺自己到了某個年紀後，想出的故事似乎越來越偏向如此，我內心少女的那一塊還有沒有存在，我眞的也不是很確定。有時候我會想起寫出「戀之四季」系列的自己，當時多麼信手拈來，想了一下，四季故事就出現了。

又再次回到一句我也常說的老話：「有時候有些故事，是在那個時候的自己才寫得出來的。」所以各個階段的你們若是也有想寫的故事，不要猶豫了，快點寫吧，因爲你現在能寫的故事，明年的你或許就寫不出來了。

我慶幸自己在二十多歲的時候幾乎是日以繼夜地寫著許多故事，寫到心悸、寫到手痛還樂此不疲，也因此，也才有了許多故事留在你們心中。

隨著時間過去，我們都成長了，謝謝你們無論到了哪個階段，都還願意拿起我的書本閱讀，這眞的是非常、非常令我開心的一件事情。

回到這個故事。

這個故事很現實，看起來也沒有太愉快，我不是說所有的戀愛走向都會如此，但即便如此，它也是一場戀愛。戀愛在昇華或是墜落以後，會成爲哪種形式我們並不知道。

年輕的時候，我們對未來都有所期許，認爲會抵達另一種理想的模樣，可是被現實磨平之後，最終發現原來我們也不過是普通人，可能會成長成自己也不喜歡的面貌，又或是沒有幹勁、隨波逐流的自己。

但我想，一定在渾渾噩噩的某天，會忽然遇到什麼契機，醍醐灌頂，讓我們又再次找回年輕時的衝勁！

或許有時候，那個契機不盡人意，也或許會讓他人詬病，可是卻會讓你的人生展開不同的樣貌，這也是人生經歷。

所以，即使楚煜函和羅允芝這兩位讓大家覺得「還是不要長大得好」，可是，正是因爲體認到了這件事情，才眞的是讓我們「長大了」啊。

偶爾，當我想起孩提時的天眞與煩惱，都會覺得眞是可愛啊。

我們都會越活越老，慢慢地，現在困擾我們的事情，在好久好久以後回想起來，一定也都會變成「眞是可愛啊」的過往。

最重要的，就是身體健康啦！

後記變成在跟大家聊天了，不過難得如此也是不錯。

希望你們喜歡這個故事，而且一定要告訴大家一件事情，就是──《我們仍未從那天離開》的書名是我取的！

我已經好久好久沒有完整書名是自己取的了，哈哈哈，上一本已是《你是星光燦爛的緣由》了。

所以，這會不會是一個好的開始呢？哈哈哈。

我們下次見啦！

謝謝大家。

國家圖書館出版品預行編目資料

我們仍未從那天離開 / Misa著. -- 初版. -- 臺北市：POPO原創出版，城邦原創股份有限公司出版：英屬蓋曼群島商家庭傳媒股份有限公司城邦分公司發行, 2024.08
面； 公分. --
ISBN 978-626-7455-29-6（平裝）

863.57 113011370

我們仍未從那天離開

作　　者／Misa
責任編輯／李曉芳　行銷業務／林政杰　版　權／李婷雯

內容運營組長／李曉芳
副總經理／陳靜芬
總 經 理／黃淑貞
發 行 人／何飛鵬
法律顧問／元禾法律事務所　王子文律師
出　　版／POPO原創出版
城邦原創股份有限公司
台北市南港區昆陽街 16 號 4 樓
電話：(02) 2509-5506　傳真：(02) 2500-1933
email：service@popo.tw
發　　行／英屬蓋曼群島商家庭傳媒股份有限公司城邦分公司
聯絡地址：台北市南港區昆陽街 16 號 8 樓
書虫客服服務專線：(02) 25007718．(02) 25007719
24小時傳真服務：(02) 25001990．(02) 25001991
服務時間：週一至週五09:30-12:00．13:30-17:00
郵撥帳號：19863813　戶名：書虫股份有限公司
讀者服務信箱 email：service@readingclub.com.tw
城邦讀書花園網址：www.cite.com.tw
香港發行所／城邦（香港）出版集團有限公司
地址：香港九龍土瓜灣土瓜灣道86號順聯工業大廈6樓A室
email：hkcite@biznetvigator.com
電話：(852) 25086231　傳真：(852) 25789337
馬新發行所／城邦（馬新）出版集團 Cité(M)Sdn. Bhd.
41, Jalan Radin Anum, Bandar Baru Sri Petaling,
57000 Kuala Lumpur, Malaysia.
電話：(603) 90563833　傳真：(603) 90576622
email：services@cite.my

封面設計／Gincy
電腦排版／游淑萍
印　　刷／高典印刷有限公司
經 銷 商／聯合發行股份有限公司
電話：(02)2917-8022　傳真：(02)2911-0053

■ 2024 年8月初版　Printed in Taiwan

定價 / 320元

城邦讀書花園
www.cite.com.tw

ISBN 978-626-7455-29-6